放送大学叢書033

方丈記と住まいの文学

方丈記と住まいの文学　目次

◉第一章

草庵・閑居・廃園の文学誌

日本文学における住まい

住まいがどのように描かれているかに着目すると、日本文学を貫く大きな水脈が浮かび上がってくる。文学作品に描かれた住まいは質量共に膨大であると同時に、ある作品の中で住まいのことが書かれる場合もあれば、作品の内容全体が住まいに関わっている場合もある。したがって、個々の作品に表れた住まいの一つ一つに詳しく分け入ってゆくことは困難を伴うが、日本文学を俯瞰してみると、そこに大きな系譜が存在していることが認められるように思う。

本書で取り上げる作品は、鎌倉時代から昭和期の文学まで、およそ八百年間にわたる。それぞれの時代の作品の取り上げ方にはおのずと粗密が生じるであろうが、まんべんなく概観するよりもむしろ、ある程度問題意識の輪郭を明確にしたうえで文学の流れを概観してゆくことが、重要ではないだろうか。

住まいを考察の俎上に載せる場合、そこに誰が住むのか、どこに位置するのか、どのような生活が営まれるのか、どの範囲を住まいと規定するのか、さらにはどのような歴史的・社会的な背景が住まいと結びついているのかなど、さまざまな問題が錯綜してくる。文学における住まいをテーマとして設定するためには、複雑に絡み合った諸問題を、どのような観点から整理して見渡してゆくかという問題意識の持ち方が、まず問われなくてはならないだろう。

テーマとしての「住まい」

例外はあるにせよ、一般に住まいは人間にとって日常生活になくてはならぬものであるから、このようなテーマに着目することによって、日本の文学を時代別に区切らずに、一連のものとして通史的に把握することが可能となるだろう。もちろん、普遍的なテーマは住まいに限らない。たとえば恋愛や人生観など、人間の心に直接関わってくるものは、一様に、古典と現代を貫くテーマとなりうる。けれども、住まいは、それらのテーマに勝るとも劣らぬ普遍的な文学性を持っている。なぜならば、住まいの文学には、記述の様式がある程度確立しており、その様式がどのように踏襲され、あるいは乗り越えられ、新たな展開を示したかということが、作品間の表現を比較することによって明確化できるからである。

住まいは、ある空間に位置する容積を持った存在であるので、その規模がどうしても問題になる。贅を尽くした大邸宅の住まいがある一方で、『方丈記』のようなたった一部屋の究極の小住宅もある。『方丈記』に代表される草庵の住まいと、大邸宅。この二分法は、住宅の規模による分類であるが、それはそのまま暮らし方や人生観とも密接に繋がっている。日本文学における住まいは、現実の自分自身の住まいの記録である『方丈記』の草庵と、たとえば『源氏物語』の六条院という大邸宅を両極端として、実にさまざまなバリエーションを持ちながら、時代と個人の価値観や意匠を反映して、文学世界の一隅に確固とした位置を占めてきた。

したがって、日本文学の流れの中で、住まいをめぐる作品世界が、変化しつつも、時代を隔てた作品間で、いかに響き合い、反映し合っているかという「響映《きょうえい》」に耳を傾けてみることも重要なことであろう。古典文学と近代文学では、発想・表現・記述の方法など、さまざまな点において相違もあるし、とりわけ近代には西欧の文物の大きな影響もある。けれども、日本の文学において古典と近代は、意外に深い繋がりを有していることも、また事実である。そこで、本書では、幅広く作品を取り上げることにしたい。

『方丈記』という文学尺度

それでは、時代を問わぬ普遍的なテーマである住まいをめぐって、文学の世界における多彩な広がりを考える時、何を尺度として設定すれば、その展開のさまを、より明確に計測することが可能だろうか。長大な作品の中に部分的に表れた住まいや、一首の和歌に詠まれた住まいは、尺度としては十分に機能しにくいだろう。なぜならば、尺度の目盛りが少なすぎるからである。それに対して、一つの作品が住まいのあり方をめぐる内容であり、なおかつ、そこにさまざまな論点が含まれている作品であるならば、しかも、文学的な影響力の大きい作品であるならば、「住まいの文学誌」の尺度としての機能を、十分に果たし得るであろう。

『方丈記』は、四百字詰め原稿用紙に換算して、わずか二十枚ほどの小品である。

しかしながら、対句を多用した和漢混淆文《わかんこんこうぶん》による簡潔で凝縮した表現によって書かれたこの作品は、あたかも非常に堅く封印された小箱のような作品である。もし、堅く閉じられたその封印を切って、そこに内包する問題点を解放することが可能なら、この小品からは、実にさまざまな住まいの文学に対する観点が躍り出てくることが予感される。さらに、それらの観点に導かれて日本の文学をたどってゆくならば、古典から近代までの住まいの文学が、新たな相貌を持って顕現してくるように思われる。

草庵生活は、中世の出家者の住まいを典型とするが、そこで目指された質素で超俗的な生き方は、「中世」という時代の限定を受けることなく、各時代にわたって人々の心を捉えてきた。草庵の住まいは住居様式のみを指すのではなく、そこでの生き方が意識的・自覚的に選び取られた個人生活となり、時代を超える普遍性を持ち、ひいては近代人の生き方の指針ともなってくる。『方丈記』に顕著な、世の中に対する旺盛で辛辣な批判精神もまた、近代文学に到る文学の重要な系譜の構成要素となっている。これらのことは、文学的な尺度としての『方丈記』の有効性の一端を指し示すものであろう。

「住まいの文学史」ではなく、住まいから見た文学の多様性と系譜の発見こそが、本書の目指す「住まいの文学誌」なのである。

草庵の文学

『方丈記』は、建暦《けんりやく》二年（一二一二）、鴨長明によって書かれた作品である。長明は、下鴨神社の神官の家に生まれ、歌人としても活躍し、『新古今和歌集』の編集にも携わった。『方丈記』には、鴨長明が五十歳を過ぎてから洛南の日野に、たった一間《ひとま》の一丈四方の庵を建てて暮らしたことが書かれている。約三メートル四方の空間が、鴨長明の住まいであった。長明は日野で暮らすようになる数年前に既に出家して、洛北の大原に暮らしていたことが『方丈記』に書かれているが、そこでの暮らしに満足できず、日野に移住して、自らの設計による庵を建てたのである。ある人間が、一人で住むということは、家族と共に暮らす場合と比べて、格段に自分の価値観や美意識をその住まいに反映させることが可能であるし、それは建物の間取りや庭の造園に留まらず、そもそもどこに住むかという場所の設定も含めて、本人の自由領域は大きい。「草庵に暫《しばら》く居《ゐ》ては打ちやぶり」（『猿蓑《さるみの》』）という芭蕉の句は、一箇所に長く定住せずに、住まいの場所を変えてゆく草庵暮らしのあり方を詠んでいる。

「草庵」は、出家者の住まいというイメージが強いが、自らの判断で住む場所や、住居の構造や、周囲の造園なども決定できる自由を確保するために、出家せずに一人暮らしを選び取ることもあろう。『方丈記』では自分自身の草庵の住まいを、住居の構造や室内に置かれた調度品のみならず、庵の周囲の地形や自然についても筆が及んでいる。長明の住まい自体は簡素な草庵であったが、そこでの暮らしぶりを和文で描く『方丈記』の書き方は、平安時代の漢文作品などとも関連する。したがって、『方丈記』を尺度として、文学における住まいを概観するに当たっては、『方丈記』に先行する諸作品をも視野に入れることも忘れてはならないだろう。

閑居の文学

『方丈記』は自分の住まいのありさまや、日常生活を詳しく描くことによって、そこでの暮らしに自分がいかに満足しているかを記す。一人静かに仏道修行をしたり、それに飽きると琴や琵琶を奏で、あるいは周辺の景勝を訪ねる。このような生活は、厳しい宗教的な生活というよりもむしろ、趣味的な、ある意味で気ままな暮らしとも言えよう。鴨長明自身、「もし、念仏ものうく、読経《どきやう》まめならぬ時は、自《みづか》ら休み、自《みづか》ら怠《おこた》る。妨《さまた》ぐる人も無《な》く、又《また》、恥づべき人も無し」と述べている。興に任せての楽器の演奏も、「芸は、これ拙《つたな》けれども、人の耳を喜ばしめむとにはあらず。独《ひと》り調べ、独り詠《えい》じて、自《みづか》ら情《こころ》を養《やしな》ふばかりなり」と書いている。

『方丈記』の末尾近くで、「閑居の気味《きび》」（＝閑居の味わい）は、実際にこのような暮らしをしている人間にしかその良さはわかるまい、と述べている。けれども、『方丈記』はこのように閑居生活への満足感を書いた直後に、草庵を愛し、閑寂に執着する自らの生き方を省みて、現状のままでよいのかと厳しく問いかけて、作品が閉じられる。

『方丈記』全体の結論としては、単なる閑居礼讃には終わっていない。しかしながら、たとえば『方丈記』から約四十年後に書かれた『十訓抄《じっきんしょう》』という説話集では、『方丈記』に言及して、「かの庵にも、折琴《をりごと》、継琵琶《つぎびは》などを伴《ともな》へり。念仏の隙々《ひまひま》には、糸竹《いとたけ》の遊《すさ》みを思ひ捨てざりけるこそ、数寄《すき》の程《ほど》、いと優《やさ》しけれ」と評されているところを見ると、やはり草庵での風雅な生活の書として『方丈記』が捉えられていたのであろう。

『方丈記』の影響力

『方丈記』の全体像とその内容の多彩さについては、次の第二章で改めて取り上げるが、ここでもう一点、『方丈記』における重要な記述について触れておこう。『方丈記』を自らの住居のあり方について書いた作品と把握すれば、先に述べたように「草庵の文学」であり、そこでの日常生活に満足を見出し、精神的な安住感を書いた作品と認識すれば「閑居の文学」である。しかし、それらを根底で支えているのは、『方丈記』の前半部に書かれている大火や飢饉や福原遷都など、「五大災厄」の体験である。それらによって引き起こされる被害によって、人間が営々と築き上げたもの、すなわち、大は都から小は個人の住居に至るまで、あらゆるものが、何らかの被害を蒙らざるをえない過酷な状況を描き切り、人的営為の空しさを強く印象付ける。そして、このような被害の中で、破損し、焼失し、瓦解した都市空間や個人の住宅は、まさに廃墟の姿を晒《さら》している。にもかかわらず人々は、営々として立派な住まいを作ろうと齷齪《あくせく》する。そのことを鴨長明は空しいことであると、強く批判している。『方丈記』の前半部は、「災害記」であり、「廃墟論」でもあるのではないだろうか。

このことは、日本の文学史を考えるうえでも重要で、以後、大きな戦乱や災害を体験した文学者たちは、自らの体験と感慨を『方丈記』に託して書き記すというパターンが顕在化するようになる。『方丈記』に描かれている草庵での閑居生活よりも、災害描写に強烈な印象を受けた文学者たちもいたのである。たとえば、永享の乱（一四三八年）から応仁の乱（一四六七年）までの混乱を目の当たりにした連歌師心敬《しんけい》の『ひとりごと』は、『方丈記』の表現を引用しながら、次のように記す。

> 昔、鴨長明『方丈記』と言へる双紙《さうし》に、安元年中に日照《ひで》りして、都の内に、一日に二万余人ばかりは死人侍《はべ》り。大風に火さへ出《い》でて、樋口高倉《ひぐちたかくら》の辺よりはじめて、中御門京極《なかみかどきやうごく》まで、火、飛び歩《ある》きて、都、焼け失《う》せ侍《はべ》ると記《しる》し置《お》けるをこそ、浅ましくも、偽《いつは》りとも、思ひしに、忽《たちま》ちに、かかる世を見侍《はべ》る、ひとへに壊劫末《ゑこふまつ》世《せ》の三災、ここに極《きは》まれり。

心敬は、『方丈記』に書かれている「安元の大火」と「養和の飢饉」の二つの災害を、混同して書いている。ただし、以前に『方丈記』を読んだ時にはまさかこれほどではあるまいと思っていたのが、自分もたちまちに、かかる世に遭遇した、と実感を込めて書いている。

さらに時代が経過して近代になっても、関東大震災を体験した芥川龍之介は、『本所両国』というエッセイで、『方丈記』の冒頭近くの文章を引用しながら、世の中の変転への感慨を述べている。堀田善衞もまた『方丈記私記』で、昭和二十年三月の東京大空襲によって赤く染まった夜空を見上げて、「火の光に映じて、あまねく紅《くれなゐ》なる中に、風に堪《た》へず、吹き切られたる焔《ほのほ》、飛ぶが如《ごと》くして一二町を越えつゝ移りゆく。その中の人、現《うつ》し心《ごころ》あらむや」という『方丈記』の一節が脳裏に浮かんだ、と書いている。

住まいへの三つの観点——草庵・閑居・廃園

『方丈記』は、草庵における閑居生活のかけがえのなさを描いた文学という側面が強いが、根底には鴨長明の災害体験があり、その部分の記述が、後世の文学に影響を及ぼしてもいた。日常生活になくてはかなわぬ住まいは、決して確固としたものではなく、実に危うい存在でもあるのだ。それなのになぜ、人々は立派な住まいを作ろうとして汲々とするのか。『方丈記』は草庵の文学であるが、その背後に、ぴたりと、もう一つの住まいのあり方、すなわち権力と財力の象徴たる大邸宅の存在が張り付いている。そして、鴨長明に言わせれば、人も栖《すみか》も久しく留《とど》まりたる例《ためし》なく、大家《おおいえ》は滅びて小家《こいえ》となる。このような長明の観点は、廃墟や廃園の文学の系譜を浮かび上がらせる。

今後、住まいの文学誌をたどるに当たっては、『方丈記』に内在していた「草庵」「閑居」「廃墟」という三つの観点に主に注目してゆきたい。ただし、日本の文学においては、廃墟よりも廃園の方が描かれることが多く、キーワードとしては「廃園」を用いることになろう。

本書の第二章以下の記述は、巨視的に見れば、時代の流れに沿って作品をたどってゆくことになる。全体の序章に当たる本章で、「草庵」「閑居」「廃園」の三つのキーワードから、それぞれの文学的な系譜をあらかじめ概観しておこう。

草庵の文学誌

草庵生活は、仏道修行と結びついて、精神性の高い真摯な生活という面が強いが、自分の趣味に合った草庵を作り、そこでの美的な生活に価値を見出す文学者も現れてくる。そのような生活態度は、文学作品としては室町時代以後に顕著になってくる。第四章で取り上げる連歌師の肖柏《しょうはく》の草庵は風雅な美しい草庵であり、そこでの生活も、「三愛《さんあい》」つまり、酒と花と香の三つを愛好するものであった。西行を慕い、旅に人生を送った芭蕉の場合は、第五章で触れるように、求道的な草庵の文学を残した。

また、『方丈記』のように自分の住まいの室内を詳しく描写する作品は、近代文学にも見出せる。たとえば、『文學界』第十号（明治二十六年十月）に掲載されている戸川残花《ざんか》の『新方丈の室』は、その題名からして既に『方丈記』に倣《なら》っていることが明白であるが、『方丈記』ではなく『方丈の室』となっていることからもわかるように、庭の様子も書かれてはいるが、主として住まいの内部の描写が中心である。暖炉やガラス戸、ギリシヤ風のシャンデリアなどには西欧趣味が窺えるが、漢詩の掛軸や土佐派の絵画や尾形光琳の四季の草花図屛風などには、東洋趣味が横溢している。この住まいはあくまで理想であり願望であって、実際に自分が住んでいる住まいの描写ではない。けれども、『方丈記』が体現している自分の住居を詳細に描く文学様式は、近代文学の中にも生き続けている。

草庵文学における閑居の変容

『方丈記』では、一人暮らしの心安さが書かれているが、同様のことは『徒然草』にも見られる。『徒然草』第七十五段では「紛《まぎ》るる方無《かたな》く、唯《ただ》、独《ひと》り在《あ》る」という状態を理想の暮らしとしている。第五十八段でも、「『道心、あらば、住む所にしも因《よ》らじ。家に有《あ》り、人に交《まじ》はるとも、後世《ごせ》を願はむに、難《かた》かるべきかは』と言ふは、更《さら》に、後《ご》世《せ》知らぬ人なり。実《げ》には、この世をはかなみ、必ず、生死《しやうじ》を出《い》でむと思はむに、何《なに》の興《きよう》ありてか、朝夕《あさゆふ》、君に仕《つか》へ、家を顧《かへり》みる営みの勇《いさ》ましからむ。心は、縁《えん》に引かれて移るものなれば、閑《しづ》かならでは、道《みち》は行《ぎやう》じ難《がた》し」と述べており、『方丈記』の世界と繋がる。

一方、同じ『徒然草』の第百七十段では、その前半部で、「人と向かひたれば、言葉多く、身もくたびれ、心も閑《しづ》かならず、万《よろづ》の事《こと》、障《さは》りて時を移す、互ひのため益《やく》なし」とまで書いて、他人の訪問を厭う気持ちを表白しているにもかかわらず、後半部では、「その事《こと》となきに、人の来《きた》りて、長閑《のどか》に物語《ものがたり》して帰りぬる、いと良《よ》し」とも書いているのである。このように第三章で取り上げる『徒然草』では、閑居生活における交友をよしとする姿勢も見られる。江戸時代の大田南畝《なんぽ》の閑居記などでは、このような交友の場としての閑居のあり方が顕著になってくる。

なお、本書で以後頻出する「住居記」と「閑居記」という言葉を定義づけておきたい。本書において「住居記」という場合は、住まいのことを書いた文学作品を広く指し、「閑居記」という場合は、日常生活の中に長閑《のどか》な楽しさを見出し、満足感を述べる作品を指すこととしたい。

邸宅での閑居

ところで、閑居という言葉からは草庵生活を思い浮かべがちであるが、そのような簡素かつ小規模な住まいにおいてしか閑居生活が実現しないわけではなかった。そこで、目を転じると、大邸宅における閑居生活を描いた「閑居記」もある。

第五章で取り上げる木下長嘯子《ちょうしょうし》の『山家記』は、戦国大名だった文人の閑居記である。江戸時代の大名庭園の世界さえ先取りしながら、しかも『方丈記』や『徒然草』といった中世文学とも密接に結びついている点でユニークな作品である。自らの好みにしたがって、いくつもの建物を建て、それらに風雅な名前を付け、谷には橋を架け、菜園を作り、漢籍・和書を積み上げ、風雅で高価・珍奇な調度品や文房具に囲まれた生活を書き記したこの作品は、住まいの文学誌において、独自の新しい展開を示している。川や谷をも内包する広大な敷地に点在する建物などに、それぞれ名前を付けるということは、少なくとも『源氏物語』における大邸宅がいくら広大で趣向を凝らしたものであっても、そこまではされていなかった。

廃園の文学誌

ところで、住まいというものは規模の大小にかかわらず、そこでの生活を長期にわたって永続的に維持することは不可能である。草庵のように当初から簡素な住まいの場合は、永続的な維持と拡張ということを念頭に置くことはまず考えられないが、大邸宅であればあるほど、その住まいに注がれた人間の願望も強烈であり、膨大である。しかしそのような住まいとて、荒廃と消滅は逃れ得ない。かつては栄華を極めた住まいもいつかは荒廃し、広大な敷地に贅を尽くした庭園も「廃園」となる時が来る。まことに『徒然草』第二十五段が既に書いているように、「華《はな》やかなりしあたりも、人《ひと》住《す》まぬ野《の》ら」になるのであってみれば、「見ざらむ世《よ》までを、思ひ掟《おき》てむこそ、はかなかるべけれ」であるのだ。この点に注目するならば、大邸宅の文学は、そのまま廃園の文学を内包していると言えよう。

本書は、『方丈記』を軸に据えて日本文学を通覧しながら、「住まい」が担っているさまざまな問題を浮上させ、考察を加えたい。そもそも『方丈記』は、いかなる文学的先蹤《せんしょう》を持っていたのか。そして一旦『方丈記』が成立するや、それ以後の住まいの文学は、『方丈記』からいかなる影響力を受け続けたのか。さらにまた、『方丈記』の対極点にある大邸宅や庭園は、文学の中でどのように描かれたのか。大邸宅や庭園が、廃墟となり廃園となってなお、その盛時に勝るとも劣らない文学的感興の源泉として、文学の中でいかに根強く存在し続けたか。これらの問題点が、『方丈記』によって顕在化するであろう。

第二章

『方丈記』　草庵記の誕生

『方丈記』という作品の意義

鴨長明によって書かれた『方丈記』ほど、影響力という点で、後世の住まいの文学を考える際に重要なものはない。なぜならば、『方丈記』の出現によって、それまで散発的に文学史に登場していた住まいをめぐる記述が、一つの作品としてくっきりとした明確な輪郭を持ち、人々の眼前に姿を立ち現したからである。そして、その後は、『方丈記』の影響を受けた作品が、現代に到るまで次々と書かれてきた。それではなぜ、『方丈記』は強い影響力を発揮することができたのだろうか。その問いかけに答えるためには、いかに『方丈記』が独自性を持つ新鮮な作品であり、人々の心を打つ作品であったかを、改めて考えてみる必要がある。

ところで、『方丈記』の影響力とは言っても、そもそも『方丈記』自体が、慶滋《よししげの》保胤《やすたね》の『池亭記《ちていき》』などの強い影響下にあったとされる。『方丈記』研究史においては、『方丈記』の表現の中に、保胤の『池亭記』と類似した箇所があることが、既に江戸時代の注釈書『方丈記諺説《しせつ》』（大和田気求《ききゅう》・一六五八年刊）で指摘されている。

そうなると、『方丈記』の独自性や魅力をどのように考えるべきか、という問題が横たわっている。それに答えるためには、『方丈記』と他の作品との比較が有効であると考えられるが、その前に作者である鴨長明の人生と著作を概観しておきたい。

鴨長明の生涯と著作

『方丈記』は、全体的に見れば、住まいをめぐる評論であるが、その中に自分の人生体験を織り込んで書いている点に、大きな特徴がある。その意味からも、ここで作者鴨長明《かものちょうめい》の生涯を略述しておくことは、重要なことであろう。

鴨長明は、下鴨神社の正禰宜惣官《しょうねぎそうかん》鴨長継《ながつぐ》の次男として、久寿二年（一一五五）頃に生まれた。長明の幼年期には、保元・平治の乱が起きた。十代の終わり頃、父が亡くなった。二十代の初め頃から、歌合《うたあわせ》に出席し、歌人としての活動を開始した。

長明が庵を結んだと考えられる場所には、江戸時代に「長明方丈石」の石碑が建てられた。

『方丈記』に描かれている五つの大きな災害は、鴨長明が二十代から三十代の初めにかけて次々と起こった。三十代の半ばには、『千載和歌集』に一首入集《にっしゅう》した。四十代後半には、勅撰集の撰定作業を行う和歌《わか》所《どころ》の寄人《よりうど》となり、『新古今和歌集』の編纂に携わったが、完成を待たずして出家した。その原因は不明だが、下鴨神社の河合社《かわいしゃ》（ただすのやしろ）の禰宜《ねぎ》になれなかったことに絶望したためとも言われている。

長明は、出家後はまず洛北の大原に暮らし、その後、五年ほど経《た》って洛南の日野に移る。そして、方丈の庵を建てて自分の心にかなう生活を送ったことが、『方丈記』に記されている。その草庵暮らしの中で、建暦元年（一二一一）には鎌倉に下向して、三代将軍・源実朝《さねとも》と会見している。このことは『吾妻鏡《あづまかがみ》』には記されているが、『方丈記』には書かれていない。長明が没したのは、建保四年（一二一六）閏《うるう》六月である。六十歳余りの人生だった。

鴨長明の著作としては、早くも養和元年（一一八一）に『鴨長明集』をまとめている。これは一〇四首の歌を収めた家集で、彼が二十代後半の頃である。また、その成立時期は不明であるが、和歌や歌人に関するさまざまな話題を集めた『無名抄《むみようしよう》』や、仏教説話集『発心集《ほつしんしゆう》』もまとめている。

『方丈記』の諸本

次に、『方丈記』のテキストについて触れておきたい。現在、一般に読まれている『方丈記』の本文は、最古の写本である大福光寺本《だいふくこうじぼん》によっている。しかし、この本が紹介されたのが大正十四年であったことを思う時、それ以前から伝来し、読まれていた『方丈記』とは、どのようなものであったかを確認しておくことが、『方丈記』の影響力を考えるうえで、重要なことである。なぜならば、芭蕉が読んだ『方丈記』も、夏目漱石が読んだ『方丈記』も、現代人が古典文学全集などに収録されている本文で読む『方丈記』とは、異なるテキストであったからである。

『方丈記』の諸本は大きく分けて、「広本《こうほん》」（分量が多く詳しい本）と「略本《りやくほん》」（省略本）の二種類に分かれる。略本は、広本の前半部分に当たる五大災厄を欠いているのが大きな特徴であるが、その他にも庵の内部の描写の違いや、広本の末尾に置かれている自己反省の部分を欠く。つまり、略本は、方丈の庵での生活を中心に描いた作品だと言える。

一方、広本は、鴨長明が体験した五大災厄を前半に据えることによって、方丈の庵での生活がいかに理想的なものであるかが強調され、説得力もある。広本は更に、「古本系《こほんけい》」と「流布本系《るふぼんけい》」に細分化されて整理されている。

古本系は、最古の写本である大福光寺本に代表される系統である。流布本系は一条兼良《かねら》が書写した本に代表される系統で、江戸時代には、この流布本系が読まれていた。『方丈記』の影響力を考えるうえでは、広本と略本の双方を視野に収めながら、考察を進めてゆく必要があるし、江戸時代における影響力を考えるに際しては、広本の中での流布本系を見てゆく必要がある、ということである。

鴨長明の著作に見る住まいへの関心

『方丈記』は「住まい」に焦点を絞って書かれた作品であるが、鴨長明の残した著述の中に、住まいへの関心は広く見られる。『無名抄』は、和歌に関するさまざまな話題が書かれた歌学書である。そこには、歌人たちの住まいについての記述が見られる。紀貫之《きのつらゆき》・在原業平《ありわらのなりひら》・周防内侍《すおうのないし》の家のことは、次のように書かれている。

或人《あるひと》、云《いは》く、「貫之が年頃《としごろ》住みける家の跡《あと》は、勘解由小路《かでのこうぢ》よりは北、富《とみ》の小路よりは東の隅《すみ》なり」。

又《また》、業平中将の家は、三条坊門《ばうもん》よりは南、高倉面《おもて》に、近くまで侍《はべ》りき。柱なども常のにも似ず、粽柱《ちまきばしら》といふ物にて侍《はべ》りけるを、いつ頃の人の仕業《しわざ》にか、後に、例《れい》の柱の様《やう》に削《けづ》り成《な》してなむ侍《はべ》りし。長押《なげし》も皆、丸《まろ》に角無《かどな》く作りて、真《まこと》に古代《こだい》の所と見え侍《はべ》りき。中頃《なかごろ》、清明《せいめい》が封《ふう》じたりけるとて、火にも焼けずして、その庇《ひさし》さありけれど、世の末には甲斐無《かひな》くて、一年《ひととせ》の火に焼けにけり。

又、周防内侍、「我《われ》さへ軒の忍草《しのぶぐさ》」と詠《よ》める家は、冷泉堀川《れいぜいほりかは》の北と西との隅《すみ》也。

これらの書き方の特徴は、由緒ある歌人の旧居の場所を、具体的に明示していることである。場所を明示することによって、その住まいの実在感が増すと同時に、もはやそこにはなくなっているという喪失感も増す。在原業平の住まいについては、室内の柱や長押の特徴に触れ、この家が最近まで残っていたのに火事で焼けてしまったことを惜しんでいる。周防内侍は、家を立ち退《の》く際に、柱に、「住み侘《わ》びて我さへ軒の忍草偲《しの》ぶ方々《かたがた》繁《しげ》き宿かな」という歌を書き付けた。「我さへ軒の」の部分には、「我さへ退《の》きの」つまり、「私さえも立ち退く」という意味が、懸詞《かけことば》になっている。

また、六歌仙の一人である喜撰《きせん》法師の住まいについても、「又、御室戸《みむろど》の奥に、二十余町ばかり山中《やまなか》へ入《い》りて、宇治山の喜撰が住みける跡《あと》あり。家は無《な》けれど、堂の石《いし》据《ず》ゑるなど、定《さだ》かにあり」と記されており、「必ず、尋ねて見るべき事《こと》なり」とまで強調している。

廃墟の情景

『無名抄』には、歌人の住まい以外にも、和歌に詠まれた名所である歌枕が廃墟のようになっているのを、懐旧の情を込めて記している。たとえば、京都の井手川《いでがわ》に棲息する蛙《かわず》と、そのあたりに生える山吹は、「蛙鳴《かはづな》く井手の山吹散りにけり花の盛《さか》りに会《あ》はましものを」(『古今和歌集』・読み人知らず)などの和歌に、古来詠まれてきた。そのことを記す中に、「所《ところ》の有様《ありさま》、井手の川の流れたる躰《てい》、心《こころ》も及び侍《はべ》らず。彼《か》の井手の大臣《おとど》の跡《あと》なれば理《ことわり》なれど」とある。長明は、今はもう廃墟となってしまった井手の大臣、すなわち橘諸兄《たちばなのもろえ》(六八四〜七五七)の別荘のことに触れて、懐かしんでいる。

一方で、昔の面影がわずかに残っていることを書いた箇所もある。次に引用するのは、逢坂《おうさか》の「関《せき》の清水《しみず》」についての記述である。

関寺より西へ二、三町ばかり行きて、道より北の面《つら》に少し立ち上《あが》りたる所に、一丈ばかりなる石の塔あり。その塔の東へ三段ばかり下《くだ》りて窪《くぼ》なる所は、すなはち、昔の関の清水の跡《あと》なり。道より三段ばかりや入《い》りたらむ。いまは小家《こいへ》の後《しりへ》に成《な》りて、当時は水も無くて、見所《みどころ》もなけれど、昔の名残《なごり》、面影《おもかげ》に浮かびて、優《いう》になむ覚え侍《はべ》りし。阿闍梨《あじやり》、語りて云《いは》く、「此《こ》の清水に向かひて水より北に、薄檜《うすひ》皮《はだ》、葺《ふ》きたる家、近くまで侍《はべ》りけり。誰人《たれびと》の住家《すみか》とは知らねど、いかにも、直人《ただびと》の居所にはあらざりけるなんめり」とぞ語り侍《はべ》りし。

「井手の山吹」も「関の清水」も、有名な歌枕であるが、それらを実地に見分《けんぶん》した人の話として『無名抄』に書き留めており、しかも住まいと結びつけて書いている点が、いかにも『方丈記』の作者である鴨長明らしい。

もう一つ、廃墟を訪ねて往時を偲ぶ例を、『無名抄』から挙げてみよう。ある時、人々が大和国の葛城《かずらき》のあたりを訪ねた時、「荒れたる堂の、大《おほ》きに様々《やうやう》しきが、見えければ、怪《あや》しくて、その名を逢《あ》ふ人ごとに問《と》ひけれども、知れる人もなか」った。ところが、まるで人々の心情に要請されて出現したかのような翁によって、その廃墟が催馬楽《さいばら》にも歌われた豊等寺《とよらでら》であることがわかり、その催馬楽の中に出てくる榎葉井《えのはい》という井戸の場所まで教えてもらう。

廃墟と見えたものが、そこを知る人物の出現により、にわかに現実の姿を取り戻すさまが書かれている。廃墟は、たとえそれが廃墟であったとしても、かつてのその姿を心に思い浮かべる人間がいる限り、廃墟としての存在が保証され、廃墟がそれ自体として実存することになる。『方丈記』には、「草庵」と「閑居」は作品の前面に出ているが、「廃墟」は後景に退いている。しかし、本書の第一章でも述べたように、『方丈記』が住まいの文学であると同時に、基底では「廃墟」の存在もまた重要な要素となっていることを思えば、彼の他の作品にも、住まいへの関心と共に廃墟への思いも存在していることが頷かれよう。

ただし、『無名抄』の住まいの記述自体は、歌人の住まいや和歌にゆかりの場所であることから生じた関心であるように思われる。それに対して、『発心集』には、『方丈記』の世界により一層近い住居観が書かれている。

『発心集』に見る住まいへの関心

『発心集』は、さまざまな発心のあり方を書き留めた仏教説話集であるが、次に引用する「貧男《ひんなん》、差図《さしず》を好む事」は、出家する話ではない点で、異色の話である。しかも、ここに書かれている内容は、ほとんど『方丈記』と重なると言っても過言ではない。この話を『方丈記』と比較すれば、『方丈記』の特質も明確に浮かび上がってくると思われるので、全文を掲げよう。内容に触れる便宜上、私意に段落を区切り、また段落ごとに番号を付した。

① 近き世の事にや、年は高くて、貧しく、わりなき男あり。司《つかさ》などある者なりけれど、出《い》で仕《つか》ふる方便《たつき》も無し。さすがに古めかしき心にて、奇《あや》しき振る舞ひなどは思ひ寄らず。世執《せいしふ》無きにもあらねば、又、頭下《かしらお》ろさむと思ふ心も無かりけり。常には居所《ゐどころ》も無くて、古き堂の破れたるにぞ舎《やど》りたりける。つくづくと年月《としつき》送る間《あひだ》に、朝夕《あさゆふ》する業《わざ》とては、人に紙反故《かみほんぐ》など乞《こ》ひ集め、いくらも差図《さしづ》を描《か》きて、家作るべきあらましをす。「寝殿《しんでん》は、然々《しかしか》、門は何か」など、これを思ひ計《はか》らひつつ、尽《つ》きせぬあらましに、心を慰めて過ぎければ、見聞《みき》く人は、いみじき事の例《ためし》になむ云《い》ひける。

② 真《まこと》に、あるまじき事を企《たく》みたるははかなけれど、よくよく思へば、此《こ》の世の楽しみには、心を慰むるにしかず。一、二町《ちやう》を作り満《み》てたる家とても、これを美《い》しと思ひ慣《な》らはせる人目《ひとめ》こそあれ、真《まこと》には、我《わ》が身《み》の起《お》き伏《ふ》す所《ところ》は、一、二間《けん》に過《す》ぎず。その外《ほか》は皆、親しき疎《うと》き人の居所《きよしよ》のため、若《も》しは、野山《のやま》に住むべき牛馬の料《れう》をさへ作り置《お》くにはあらずや。かく、由無《よしな》き事《こと》に身《み》を煩《わづら》はし、心を苦しめて、百千年《ももちとせ》あらむために材木を選び、檜皮《ひはだ》・瓦《かはら》を玉・鏡と磨《みが》きたてて、何《なに》の詮《せん》かはあ

る。主《ぬし》の命、徒《あだ》なれば、住むこと久しからず。あるいは他人の栖《すみか》となり、あるいは風に破れ、雨に朽《く》ちぬ。況《いは》んや、一度、火事出《い》で来ぬる時、年月《としつき》の営み、片時《へんし》の間に雲・煙《けぶり》と成《な》りぬるをや。

③ 然《しか》、あるを、彼《か》の男があらましの家は、走《わし》り求め、作り磨く煩ひも無し。雨風にも破れず、火災の恐れも無し。成《な》す所は、わづかに一紙なれど、心を宿すに不足無《な》し。龍樹菩薩《りゆうじゆぼさつ》、宣《のたま》ひける事《こと》あり。「富《と》めりと雖《いへど》も、願ふ心止《や》まねば、貧しき人とす。貧しけれども、求むること無ければ、富《と》めりとす」と侍《はべ》り。書写《しよしや》の聖《ひじり》、書き留《と》めたる言葉《ことば》に、「臂《ひぢ》を屈《かが》めて枕とす。楽しみ、其《そ》の中にあり。何《なに》によりて、更《さら》に浮雲の栄耀《えいえう》を求めむ」と侍《はべ》り。また、或《あ》る書《もの》には、「唐《から》に、一人の琴の師あり。緒《を》無き琴を間近《まぢか》く置きて、暫《しば》しも傍《かたは》らを放たず。人、怪《あや》しみて、故《ゆゑ》を問ひければ、『我、琴を見るに、その曲、心に浮かべり。其《そ》の故《ゆゑ》に同じけれども、心を慰むることは、弾《たん》ずるに異《こと》ならず』となむ、云《い》ひける」。

④ かかれば、却々《なかなか》、目の前に作り営む人は、余所目《よそめ》こそ、「あな、由々《ゆゆ》し」と見ゆれど、心には、猶《なほ》、足らぬこと多からむ。彼《か》の面影の栖《すみか》は、事《こと》に触《ふ》れて、徳《とく》、多かるべし。ただし、此《こ》の事《こと》、世間の営みに並ぶる時は、賢《かしこ》げなれど、良く

思ひ解《と》くには、天上《てんじやう》の楽しみ、猶《なほ》、終《を》はり、あり。壺《つぼ》の中《うち》の栖《すみか》、いと心ならず。況《いは》んや、由無《よしな》く、あらましに、空《むな》しく一期《いちご》を尽《つ》くさむよりも、願はば必ず得《え》つべき安養世界《あんやうせかい》の快楽《けらく》、不退《ふたい》なる宮殿《くうでん》・楼閣《らうかく》を望めかし。はかなかりける希望《けまう》なるべし。

図上の住まいと、現実の住まい

今、全文を掲げた『発心集』第五の十三「貧男、差図を好む事」の記述をたどりながら、ここに書かれている内容を確認しておきたい。

まず、①では、ある貧しい男が住む家もなく、ふだんは荒れ果てた古い堂に宿っていたが、この男は人から使い古しの紙を貰っては、そこに家の設計図を描いて心を慰めていたことを記す。

②では、人間が実際に暮らす空間は小さなものでしかなく、いくら立派な家を作っても、人間の命ははかないので、結局はそこにずっと住むことはできないし、風雨や火事で破損されてしまうことを述べる。

③では、だから貧しい男が、実際に立派な家を作らずとも、家の設計図を描くだけ

で心の満足を得ていたのは、古賢の言葉にも通じていることを述べる。

最後の④では、世間の人々と比べて、貧男の「面影の栖」は賢明である、と述べておいて、けれども一番よいのは、極楽を願うことである、と締めくくっている。

つまり、この話は、いくら立派な住まいでも、そこにずっと住み続けることは不可能であり、天災や人災によって家は破損されるのであるから、空想上の住まいの設計図を描くことによって心が慰められるのは賢明なことだと述べ、そのうえで、けれども最上は極楽を願うことであると結論づけているのである。

四百字詰め原稿用紙に換算したら三枚にも満たない短い説話であるが、ここには、住まいのあり方に対する一つの見解が、実に鮮やかに描かれている。「家の設計図を描く貧しい男」という具体例、その対極にある豪華な住居、その住まいも焼亡し廃屋となってしまう現実、古賢の名言による論の補強、そして最後に一見理想的な行為と思われた貧男の「面影の栖」も、極楽にある「不退なる宮殿・楼閣」に比べたら「はかなかりける希望」にすぎないという、それまでの論旨の逆転。この「不退」は、「不退地《ふたいじ》＝極楽」という意味である。

このような内容は、まさに後述する『方丈記』の論の展開と主旨に、重なる。

『方丈記』の構成と構成

『方丈記』は住まいのあり方に焦点を絞って書かれた短編であり、明確な構成と主張を持っている。『方丈記』の構造を捉えるためには、なるべく巨視的に捉えたほうが構造が見やすくなる。ここでは、『方丈記』の全体を四節に分けて、それぞれの内容を簡単にまとめてみたい。

（1）……「ゆく河の流れは絶えずして、しかも、元《もと》の水にあらず」という書き出しで始まる「序文」に当たる部分で、人間と住まいのはかなさが書かれている。

（2）……「予《われ》、物《もの》の心を知れりしより、四十《よそぢ》あまりの春秋《しゆんしう》を送れる間《あひだ》に、世の不思議を見る事、やや度々《たびたび》に成《な》りぬ」という部分から始まる。鴨長明自身が体験した五つの災害・災厄、すなわち安元《あんげん》の大火・治承《じしよう》の辻風・福原遷都・養和の飢饉・元暦《げんりやく》の地震のことを写実的に描く部分。ここまでが、『方丈記』の前半である。

（3）……「すべて、世の中の有《あ》り難《にく》く、我《わ》が身《み》と栖《すみか》との、はかなく、徒《あだ》なる様《さま》、かくの如《ごと》し。況《いは》んや、所により、身の程《ほど》に従ひつつ、心を悩ます事は、挙《あ》げて計《かぞ》ふべからず」という部分から始まる。住まいは、「五大災厄」のようなさまざまな災害の危険にさらされているだけでなく、立地条件によってもいろいろな悩みがあると述べ、自分のこれまでの住居歴も述べたうえで、方丈の庵での生活を描く。

(4)……「抑《そもそ》も、一期《いちご》の月影傾《つきかげかたぶ》きて、余算《よさん》の山《やま》の端《は》に近し。忽《たちま》ちに、三途《さんづ》の川《かは》の闇《やみ》に向かはむとす。何の業《わざ》をか、喞《かこ》たむとする。仏の教へ給ふ趣《おもむき》は、事に触れて執心《しふしん》無《な》かれ、となり。いま、草庵を愛するも、閑寂《かんせき》に着《ぢやく》するも、障《さは》りなるべし。いかが、要《えう》なき楽しみを述べて、あたら、時を過ぐさむ」から始まり、最後まで。直前まで書いてきた草庵生活への満足を逆転させて、庵への執着心の是非を自問自答する。

『方丈記』の独自性と魅力

以上のような『方丈記』の全体の構成を踏まえて、『方丈記』の独自性と魅力を考えてみよう。まず『方丈記』のどこに独自性があるかといえば、第一に、漢文ではなく和文で書かれている点にあるのではないか。そもそも「記《き》」という文体は漢文のものであり、『方丈記』に強い影響を与えた慶滋保胤《よししげのやすたね》の『池亭記《ちていき》』などは、まさにその好例であり、漢文で書かれている。

それに対して、鴨長明によって書かれた『方丈記』は、既に『十訓抄』で指摘されていることだが、「仮名《かな》にて書かれたる」ものであり、ここにこの作品の画期性があった。『十訓抄』は、『方丈記』のわずか四十年後に成立した仏教説話集である。その時点で、早くも『方丈記』の特質が仮名文で書かれていることにあるのを指摘している点で、『十訓抄』は貴重な資料である。

おそらく、この仮名散文で書かれたということが、後世に及ぼした『方丈記』の影響力の源泉であったろう。もし『方丈記』が漢文で書かれていたとしたら、これほどまでに大きな影響力は持ち得なかったのではないだろうか。仮名散文で書かれたことによって、『方丈記』の名文・名句が、後世の作品の中に引用された。そして、繰り返し引用されることによって、『方丈記』の精神が、目に見える確実な形で、継承されていった。

『方丈記』冒頭部分の原文を、次に引用してみよう。なお、『方丈記』の原文の引用は、特に断らない限り、現在最も広く読まれている「広本の古本系の大福光寺本」（片仮名漢字交じり文）によるが、表記は平仮名漢字交じり文に改めた。

行く《ゆ》河《かは》の流れは絶えずして、しかも、元《もと》の水にあらず。淀《よど》みに浮ぶ泡沫《うたかた》は、かつ消え、かつ結《むす》びて、久しく留《とど》まりたる例無《ためしな》し。世の中にある、人と栖《すみか》と、又《また》、かくの如《ごと》し。
玉敷《たましき》の都の中《うち》に、棟《むね》を並べ、甍《いらか》を争へる、高き、賤《いや》しき、人の住まひは、世々《よよ》を経《へ》て、尽きせぬ物なれど、これを真《まこと》かと尋《たづ》ぬれば、昔ありし家は、稀《まれ》なり。或《ある》いは、去年《こぞ》焼けて、今年《ことし》作れり。或《ある》いは、大家《おほいへ》滅びて、小家《こいへ》と成《な》る。住む人も、これに同じ。所も変《か》はらず、人も多かれど、古《いにしへ》見し人は、二、三十人が中《うち》に、わづかに一人二人《ひとりふたり》なり。朝《あした》に死に、夕《ゆふべ》に生まるる慣《な》らひ、唯《ただ》、水の泡《あは》にぞ似たりける。不知《しらず》、生まれ死ぬる人、何方《いづかた》より来《きた》りて、何方《いづかた》へか去る。又《また》、不知《しらず》、仮《かり》の宿り、誰《た》が為《ため》にか心を悩まし、何《なに》によりてか目を喜ばしむる。その、主《あるじ》と栖《すみか》と、無常を争ふ様《さま》、言《い》はば朝顔の露に異《こと》ならず。或《ある》いは、露落ちて、花残れり。残ると雖《いへど》も、朝日に枯れぬ。或《ある》いは花萎《しぼ》みて、露、猶《なほ》、消えず。消えずと雖《いへど》も、夕《ゆふべ》を待つ事《こと》無し。

比較的短い文を、畳みかけるように連ね、その力強いリズムが、人間も住まいもはかないものだという主張を、明確に浮かび上がらせる効果を発揮している。このような文体の独自性と共に、『方丈記』の大きな魅力は、簡素な草庵暮らしが具体的に描かれている点に求められよう。

『方丈記』は、その題名に「方丈」と明記されているように、一丈（約三メートル）四方の、非常に小さい草庵での暮らしが書かれており、そのような究極の簡素な一人暮らしの理想性が、この作品の魅力となっている。ただし、『方丈記』の影響を受けた後世の住居記を読むと、草庵という住居形式や一人暮らしという点を、そのまま踏襲しているものは、意外と少ない。けれども、後世、簡素な閑居生活を理想とする生き方を描いた作品が多数見受けられるのは、人々が心の中に抱いている簡素で自由な生活を具体的に書き著した作品として、『方丈記』がいかに人々に愛好されたかを証明して、なお余りがある。

次に引用するのは、『方丈記』に描かれた庵のありさまだが、ここでは現在一般に読まれている大福光寺本ではなく、江戸時代に実際に読まれていた「流布本系」の方で引用してみよう。

今、日野山の奥に跡《あと》を隠して、南に、仮《かり》の日隠《ひがく》しを差し出《い》だして、竹《たけ》の簀子《すのこ》を

長明ゆかりの下鴨神社河合社の境内に、方丈の庵の復元模型が建てられている。

敷き、その西に、閼伽棚《あかだな》を作り、中には、西の牆《かき》に添へて、阿弥陀の画像を安置《あんぢ》し奉《たてまつ》りて、落日《らくじつ》を受けて、眉間《みけん》の光とす。彼の帳《ちやう》の扉《とびら》に、普賢《ふげん》、並びに不動の像を掛《か》けたり。

北の障子《しやうじ》の上《うへ》に、小さき棚を構《かま》へて、黒き皮子《かはご》、三、四合《がふ》を置く。則《すなは》ち、和歌・管絃・『往生要集《わうじやうえうしふ》』如《ごと》きの抄物《せうもつ》を入れたり。傍《かたは》らに、琴《こと》・琵琶《びは》、各《おのおの》、一張《いつちやう》を立つ。所謂《いはゆる》「折琴《をりごと》」「継琵琶《つぎびは》」、これなり。東《ひんがし》に添へて、蕨《わらび》のほとろを敷き、束並《つかなみ》を敷きて、夜《よる》の床《ゆか》とす。

東《ひんがし》の牆《かき》に窓を開《あ》けて、ここに、文机《ふづくゑ》を作り出《い》だせり。枕《まくら》の方《かた》に、炭櫃《すびつ》あり。これを、柴《しば》、折《を》り焼《く》ぶる縁《よすが》とす。庵《いほり》の下《した》に、少し地を占《し》め、疎《あば》らなる姫垣《ひめがき》を囲ひて、園《その》とす。則《すなは》ち、諸々《もろもろ》の薬草を植《う》ゑたり。仮の庵の有様《ありさま》、かくの如《ごと》し。

草庵の内部の様子が詳しく書かれているが、調度品や室内の構造など、多少、大福光寺本と違いが見られる。薬草園があるのは大きな違いであるが、菜園や薬草園は、江戸時代の住居記によく出てくる。

以上のように、『方丈記』は、和漢混淆文で書かれた草庵記であり、そこでの閑居生活を描いた作品であると定義づけられるが、『方丈記』の本質をより明確に捉えようとした場合、他の作品との比較が必要だろう。そこで、鴨長明の他の著作および、平安時代に漢文で書かれた、兼明《かねあきら》親王と慶滋保胤《よししげのやすたね》の二つの『池亭記《ちていき》』などと比較しながら、『方丈記』の独自性とそこから派生する影響力について考えよう。

『方丈記』と『発心集』との比較

『方丈記』で鴨長明が主張していることは、先に取り上げた『発心集』の貧男の話と非常に似ている。立派な家に執着することの空しさ、自分の心を慰めるのを最上とする価値観。しかも、どちらも最後で、それまでの主張をそのまま肯定せずに、真の仏教の境地こそが、求めるべきものであろうとしている。したがって、住まいのあり方を通して、人生いかに生きるべきかという主張の骨子は、両者とも一致していると考えてよい。それならば、両者の違いはどこにあるのか。

『発心集』が、ある貧男の話であるのに対して、『方丈記』は、鴨長明自身の体験を基盤として書かれていることが、最大の相違点であろう。しかもその体験は、三重構造になっている。『方丈記』執筆時点を遡ること三十年も前の「五大災厄」がリアルに書かれ、長明の住居歴が書かれ、そして現在の理想の草庵生活が書かれる。

彼の住居歴は、幼年期の父方の祖母の広大な住まいに始まったが、三十代の鴨川のほとりの家は、その十分の一の規模になってしまったという。その後、出家してからの大原での五年間、そして現在の日野の方丈の庵である。方丈の庵は、鴨川の家に比べて「百分《ひやくぶん》が一《いち》に及ばず」と書いている。ということは、方丈の庵は、最初の祖母の邸から見れば、千分の一の狭さということになる。鴨長明はさまざまな規模の住まいを体験したうえで、現在の草庵を理想の住まいとしたのである。

こうして、鴨長明は自分の体験を、「三十年前の遠い過去の災厄」と「五十年以上にわたる自分の人生における住居歴」と「現在の住まいと暮らし」というそれぞれ性格の異なる三つの時制を重層させて、『方丈記』の中に描いた。『方丈記』が短編であるにもかかわらず、奥行きのある作品となっているのは、このような入り組んだ書き方にもよっていると思われる。

二つの『池亭記』との比較

このように、『方丈記』の最大の特徴は、『発心集』の「貧男、差図を好む事」との比較から、実体験を基盤とする作品である点に求められた。すると、平安時代の二つの『池亭記』（日本古典文学大系『懐風藻・文華秀麗集・本朝文粋』所収）もまた、作者の現実の住まいのことを書いた作品であるから、その点では『方丈記』と両『池亭記』は共通する面が大きいことになる。しかし、それならば、なぜ、『方丈記』だけが、現代にいたるまで巨大な影響力を発揮し続けることができたのか。その秘密はどこにあるのか。

兼明親王の手になる『池亭記』という作品は、大きく三段落から成っている。第一段では、世間の人々に対する批判と、自分の人となりが書かれる。第二段では、池亭の立地と室内の調度品、そして亭の周囲の風光を、四季折々の情景として描く。最後の第三段では、世間の人々の生き方と比べて、自分は仕官しているが、この池亭で過ごすことに満足していることを記して終わる。

また、慶滋保胤にも『池亭記』という作品がある。最初に、京都の西と東とを対比し、西の京は人家も稀になり荒廃している一方で、東の京は人口が密集して住環境が悪く、富者と貧者の格差が大きいことを述べる。中間部では、築山《つきやま》や池、小堂や小閣、家族の居所や菜園など、自分の住まいの全体像を、敷地内での配置を示しながら具体的に書き、加えてそこでの日常を描く。最後に、自分にふさわしい住まいへの満足感と、仁義や慈愛など高い精神性を保持することが理想であると述べて、終わる。

慶滋保胤の『池亭記』は、兼明親王の『池亭記』と比べて、世間への批判と自分の住まいに対する満足感が書かれている点は同様であるが、分量的にも長くなっており、自分の住まいの描写やそこでの日常について述べる部分がかなり詳しい。

以上の二つの『池亭記』と『方丈記』を比較すると、自分の現在の住まいとそこでの閑居生活を描く点が、共通事項である。この「閑居生活の具体相」という表現様式は、『発心集』の貧男の話には見られなかった。それでは、両『池亭記』と『方丈記』の大きな違いは、どこにあるのか。それは『方丈記』では、作者である鴨長明の人生が、具体的に振り返られている点である。

自分が体験した三十年前の「五大災厄」と、自分の住居歴とによって、社会史と個人史の双方を『方丈記』は書いている。これによって、両『池亭記』には見られなかった時間性が、新たに加味された。この「時間性」こそが、『方丈記』の重要な特質である。時間の流れがあるからこそ、どんな住まいも、いつかは何らかの形で崩壊してゆく。そもそも、『方丈記』の冒頭が「行く河の流れは絶えずして、しかも元の水にあらず」という書き出しによって、この時間性を明示していたことに注目したい。

なるほど、既に兼明親王の『池亭記』の末尾近くには、「光陰、留《とど》まらず」という言葉があり、保胤の『池亭記』の冒頭にも、「予《われ》、二十余年以来、東西二京を歴見するに」ともある。けれども、自分自身の人生の時間と重ね合わせながら、住まいに焦点を絞った作品は、『方丈記』をもって、文学史上、嚆矢《こうし》とするのではないか。

『方丈記』の達成と影響力

『方丈記』の究極の簡素な草庵生活と、『発心集』の紙上の設計図としての住まいは、どちらも世間の人々が目指す財力を傾け尽くした住まいの対極にある点で、共通する。また、『方丈記』と両『池亭記』は、どちらも自分の満足感を最優先した理想の住まいと、そこでの閑居生活という点で共通する。けれども、自分自身の人生体験と重ね合わせることによって、現在の生き方・暮らし方を検証し、一旦はそれをよしとしたうえで、さらにこれで本当のよいのかと自問自答する『方丈記』の展開は、他の作品に見られぬ精神のダイナミズムを感じさせる。

流れゆく水にも喩えられる人生において、自分はどのように生きてきたのか。その生き方は、本当に正しかったのか。自分が正しいとすれば、世間の人々の功利的な生き方は間違っていることになる。鴨長明は、住まいのあり方に託して、人生いかに生きるべきかを模索し、その一つの回答として、現在の生き方を、よしとした。この境地にいたるまで、彼は五年かかっている。

大方《おほかた》、この所に住み始めし時は、あからさまと思ひしかども、今、既に五年《いつとせ》を経《へ》たり。仮の庵も、やや故郷《ふるさと》となりて、軒に朽《く》ち葉《ば》深く、土居《つちゐ》に苔生《こけむ》せり。自《おの》づから、事《こと》の便《たよ》りに、都を聞けば、この山に籠《こ》もり居《ゐ》て後《のち》、やんごとなき人の、隠れ給《たま》へるも、数多《あまた》聞こゆ。増《ま》して、その数《かず》ならぬ類《たぐひ》、尽くして、これを知るべからず。度々《たびたび》の炎上に滅びたる家、又《また》、幾十許《いくそばく》ぞ。唯《ただ》、仮の庵のみ、長閑《のどけ》くして、恐《おそ》れ無《な》し。

ここには、はかなく頼りなげに見える「仮の庵」こそが、最も安心な住まいなのだという、発想の逆転がある。それは、彼の前半生をかけた体験から導き出された結論であり、それゆえに説得力を持つ。さまざまな大災害に遭遇したこと、広大な邸宅で子ども時代を過ごしたのに、大人になるにつれて住まいが急速に小規模になってしまったこと。このような体験が、鴨長明に、草庵生活こそが満足できる理想の生活であると確信させた。しかしながら、『方丈記』の最後には、自分が生涯をかけてたどり着いたこの結論をも、さらに越えようとする新たな自問自答があった。

自分の人生と自分の心から目を逸らすことなく、しっかりと向き合った点に、『方丈記』の文学的達成がある。和文でありながら、和漢混淆文を採用することによって生じる、端正で格調高いリズム。『池亭記』などの先行作品からの引用による、磨き抜かれた表現。それらが相俟《あいま》って、『方丈記』の一読忘れがたい名文となった。

そして今度は、『方丈記』を読んだ人々が、自分自身にとっての住まいのあり方を書くようになる。しかし、『方丈記』の影響力は、決して『方丈記』そのものが再生産されることではない。むしろ『方丈記』に影響を受けて、どれほど多彩な文学的展開が可能となったかにこそ注目すべきである。そのような観点から後世の文学を捉えてゆけば、住まいの文学の流れが見えてくる。

日本の文学史を見渡しても、この『方丈記』の出現以後、住まいの文学に限って言えば、これ以上の達成はなかったとさえ言えるくらい、『方丈記』の存在感は大きい。『方丈記』は、王朝時代以来の貴族たちの住居観を視界に入れたうえで、それらの虚しさを具体例によって実証した。その正当性は、長明が自己の体験を起点として、そこから抽象的な思索を摑み取り、それを簡潔明確な和文で表現し得たことによって実現された。『方丈記』に関して、『池亭記』との類似はよく指摘されてきたが、重要なのは類似点を持ちつつ、いかに『方丈記』が独自の地点まで到達したかということである。その独自性によって、『方丈記』は、その後の作品に強烈な印象を与え、そこから、それぞれの時代にいくつもの住居記が生まれたのである。『方丈記』に内在していた住まいに関するさまざまな観点が、後世の文学ではどのように顕現したか、次章以後で見てゆきたい。

◉第三章

『徒然草』 住まいを論評する

『徒然草』の章段区分

『徒然草』は、鎌倉時代の末期から南北朝の時代にかけて書かれた作品である。著者の兼好《けんこう》は、神道の家柄である卜部《うらべ》氏の出身とされ、二十代の頃、蔵人《くろうど》として後二条天皇の宮廷にも仕えたが、三十歳以前には既に出家していた。生前、兼好は二条為世《ためよ》門下の「和歌四天王《わかしてんのう》」の一人と称されたほどの歌人であったが、彼の散文作品に『徒然草』があることは、ほとんど知られていなかったようで、当時の文献類に『徒然草』のことは出てこない。

古い時代の『徒然草』の写本では、章段の区分は明確ではないが、江戸時代に冒頭の一文を序段として独立させ、以下第一段から第二百四十三段まで、合計二百四十四の章段に区切って読む読み方が一般的になり、現代に至っている。章段に区切らずに連続的に読んでゆくと、『徒然草』の内部世界の展開がおのずと明らかになるが、その一方で話の内容ごとに短く章段に区切ってあると、あるテーマに着目した場合に、それらを抽出しやすいという利点もある。世の中のあり方や人生の生き方、自然や恋愛、古くからのしきたりや滑稽な話など、さまざまな話題が『徒然草』のあちこちに出てくるからである。本章では、『徒然草』に点在する住まいに関する章段を通して、兼好の住居観を探ってみよう。

草庵の暮らし

前章では『方丈記』を取り上げたので、そこからの繫がりという点からも、まず最初に、草庵について書いた第五十八段に目を通そう。その後に、他のさまざまな住まいの章段を取り上げ、『徒然草』における住まいの意義を考えたい。

『徒然草』には、草庵の暮らしについて書いた段がある。兼好が出家者であることを思えば当然かもしれないが、『徒然草』全体を通して見ると、このような草庵暮らしに関する記述は、意外なことに、ほとんど見られず、第五十八段は『徒然草』におけるほとんど唯一ともいうべき草庵論である。その全文を、次に引用してみよう。

「道心《だうしん》、有《あ》らば、住む所にしも因《よ》らじ。家に有《あ》り、人に交《まじ》はるとも、後世《ごせ》を願はむに、難《かた》かるべきかは」と言ふは、更《さら》に、後世《ごせ》知らぬ人なり。実には、この世をはかなみ、必ず生死《しやうじ》を出《い》でむと思はむに、何《なに》の興《きよう》有《あ》りてか、朝夕《あさゆふ》、君に仕《つか》へ、家を顧《かへり》みる営《いとな》みの勇ましからむ。心は、縁《えん》に引かれて移る物なれば、閑《しづ》かならでは、道は行《ぎやう》じ難《がた》し。

その器物《うつはもの》、昔の人に及《およ》ばず、山林《さんりん》に入《い》りても、飢《う》ゑを助け、嵐を防く縁《よすが》、無《な》くては有《あ》られぬ業《わざ》なれば、自《おの》づから世を貪《むさぼ》るに似たる事も、便《たよ》りに触れば、などか無《な》からむ。然《さ》ればとて、「背《そむ》ける甲斐《かひ》無《な》し。然《さ》ばかりならば、なじかは捨てし」など言はむは、無下《むげ》の事なり。さすがに、一度《ひとたび》道に入りて世を厭《いと》はむ人、たとひ望みありとも、勢《いきほひ》ある人の貪欲《とんよく》多きに似るべからず。紙の衾《ふすま》、麻《あさ》の衣《ころも》、一鉢《ひとはち》の設《まうけ》、藜《あかざ》の羹《あつもの》、幾許《いくばく》か人の費《つひ》えを成《な》さむ。求むる所は易《やす》く、その心、早く足《た》りぬべし。形《かたち》に恥づる所も有《あ》れば、然《さ》は言へど、悪《あく》には疎《うと》く、善《ぜん》には近づく事のみぞ多き。

人と生まれたらむ験《しるし》には、いかにもして世を遁《のが》れむ事こそ、あらまほしけれ。偏《ひとへ》に貪《むさぼ》る事を努めて、菩提《ぼだい》に赴《おもむ》かざらむは、万《よろづ》の畜類《ちくるい》に変はる所有《あ》るまじくや。

この段の主旨は、出家の勧めであり、質素な草庵暮らしの理想性を述べた段のように読めるが、『徒然草』全体を通して窺われる兼好の物の見方や人間認識と関連づけて読むならば、この段の眼目は、「心は、縁《えん》に引かれて移る物なれば」という部分にあると考えられる。この段の主張の基盤にあるのは現実的な人間認識であり、人間の心が周囲にいかに影響されやすいかを見据えたうえでの発言である。そこから、遁世する以上は俗世を離れて草庵暮らしをすべきであり、遁世こそが理想の生活であると述べているのである。第百五十七段でも、「心は、必ず、事に触れて来《きた》る。仮にも、不善《ふぜん》の戯《たはぶ》れを成《な》すべからず」と書いているのは、この段と同様の認識による。

ただし、これが『徒然草』の独自性ともいうべき特徴であるが、第五十八段のような段があるからといって、このことがそのまま兼好の視界が出家遁世の暮らしにのみ限られていることを意味しない。なぜなら、『徒然草』に書かれている住まいの章段は、決して出家者の草庵暮らしのさまざまな姿ではなく、風雅な趣味的な住まいや調度品への言及であり、快適で実用的な住まいの紹介であり、住まいを通してどのような多様な生き方が見られるかという、幅広い観点の披瀝《ひれき》だからである。

住まいの美意識

第十段と第十一段を読んでみたい。この連続する二段に、早くも兼好の住居観が明確に表れている。ところで、この二段は、巨視的に見れば一続きの段とも言える。第十段と第十一段は密接な繋がりがあり、現行のような区切り方が果たして適切かどうか、再考の余地があろう。ここでは、この二段を連続的に捉えて、新しい区切り方をしてみたい。まず最初の部分は、趣味のよい住まいと悪趣味な住まいを描く総論の部分（第十段の前半）。次に、具体的な住まいの例を二例書いている部分（第十段の後半と第十一段）。

家居《いへゐ》のつきづきしく、あらまほしきこそ、仮《かり》の宿りとは思へど、興有《きようあ》る物なれ。良《よ》き人の、長閑《のどやか》に住み成《な》したる所は、差し入《い》りたる月の色も、一際《ひとときは》、しみじみと見ゆるぞかし。今《いま》めかしく、きららかならねど、木立《こだち》、物古《ものふ》りて、態《わざ》とならぬ庭の草も心有《あ》る様《さま》に、簀子《すのこ》・透垣《すいがい》の縁《たより》をかしく、打ち有《あ》る調度《てうど》も、昔覚えて安《やす》らかなるこそ、心憎しと見ゆれ。
多くの匠《たくみ》の、心を尽くして磨《みが》き立て、唐《から》の、大和《やまと》の、珍しく、えならぬ調度《てうど》も並べ置き、前栽《せんざい》の草木まで、心のままならず作り成《な》せるは、見る目も苦しく、いと侘《わ》びし。然《さ》てもやは、永《なが》らへ住むべき。また、時《とき》の間《ま》の煙《けぶり》とも成《な》りなむとぞ、うち見るより思はるる。大方《おほかた》は、家居《いへゐ》にこそ、事様《ことざま》は推《お》し量《はか》らるれ。（第十段の前半）

ほんの三百字ほどの短い文章であるが、ここには住まいのありようのすべてとも言えるようなものが、外部から眺めやる視線のゆるやかな移動と共に、描かれている。大きく育った樹木、風情のある草、簀子や透垣といった庭のたたずまいが、いつのまにか室内に置かれた古雅なる調度品へと移るや、視線はそこに停滞することなく再びゆるやかに反転し、今描いたばかりの、「良き人」（身分も教養もある人）ののどやかな住まいと正反対の住まいを描き出す。

ここで注意したいのは、何よりも、このような叙述方法である。良き人の住まいの庭から室内の調度品へ進めた筆の動きを、そのまま戻すかのように、今度は建物や調度品の過剰さや、華美で贅沢なありさまを書き、続けて不自然で人工的な庭のたたずまいへと筆を進めているのである。

したがって、この部分の記述を良き人の住まいと当世風の悪趣味な住まいという二項対立として、整然と捉えるよりもむしろ、紡ぎ出される言葉の流れが、結果的に明確な二者の対比をもたらしていることに注目すべきであろう。このような叙述の方法が、『徒然草』序段に述べられている、「心にうつりゆく由無《よしな》し事《ごと》を、そこはかとなく書き付《つ》くれば」ということなのである。そして、そのようにして書いたものがもたらす結果、この場合で言えば、良き住まいと悪《わろ》き住まいの明確な対比が、言葉として浮上し現前することが、序段末尾の「あやしうこそ、物狂《ものぐる》ほしけれ」という、書いた当人自身にとってさえも思いがけない記述の展開への感慨となるのだ。

なお、今引用した部分の末尾の「然《さ》てもやは、永《なが》らへ住むべき。また、時《とき》の間《ま》の煙《けぶり》とも成《な》りなむとぞ、うち見るより思はるる」という部分は、『方丈記』と共通する考えである。『徒然草』には、直接『方丈記』の書名は出てこないが、先ほど触れた第五十八段や、この部分には、『方丈記』を彷彿させるものがある。

住まいに表れる人間性

さて、これまで見た部分には、住まいの美意識が書かれていた。それを通して兼好は、「大方《おほかた》は、家居《いへゐ》にこそ、事様《ことざま》は推《お》し量《はか》らるれ」という一つの結論を導き出したのである。が、この言葉はさらに新たな方向性をもって、兼好の筆を誘う。住まいとは、一目見てわかるような趣味の良し悪しを体現するだけでなく、普段は心の中に秘められて、一見それとわからぬようなその人独自の価値観を体現するものでもある。だから、住まいのたたずまいに込められた住み手の真意は、一面的な見方によっては測り切れない場合もある、という住居観・人間観が書かれるに至る。

後徳大寺《ごとくだいじ》の大臣《おとど》の、寝殿《しんでん》に鳶居《とびゐ》させじとて、縄《なは》を張られたりけるを、西行《さいぎやう》が見て、「鳶《とび》の居《ゐ》たらむは、何かは苦しかるべき。この殿《との》の御心、然《さ》ばかりにこそ」とて、その後《のち》は参《まゐ》らざりけると聞き侍《はべ》るに、綾小路宮《あやのこうぢのみや》の御座《おは》します小坂殿《こさかどの》の棟《むね》に、いつぞや縄《なは》を引かれたりしかば、かの例《ためし》、思ひ出《い》でられ侍《はべ》りしに、真《まこと》や、「烏《からす》の群《む》れ居《ゐ》て、池の蛙《かへる》を捕《と》りければ、御覧《ごらん》じ悲しませ給《たま》ひてなむ」と、人の語りしこそ、然《さ》ては、いみじくこそ、と覚えしか。徳大寺《とくだいじ》にも、如何《いか》なる故《ゆゑ》か侍《はべ》りけむ。

（現行の章段区分では、先に引用した「家居のつきづきしく」からここまでが、第十段）

神無月《かみなづき》の頃《ころ》、栗栖野《くるすの》といふ所を過《す》ぎて、或《あ》る山里に尋ね入《い》る事侍《はべ》りしに、遥《はる》かなる苔《こけ》の細道《ほそみち》を踏み分《わ》けて、心細く住み成《な》したる庵《いほり》あり。木《こ》の葉《は》に埋《うづ》もるる懸樋《かけひ》の雫《しづく》ならでは、つゆ訪《おとな》ふ物無《な》し。閼伽棚《あかだな》に、菊《きく》・紅葉《もみぢ》など折《を》り散らしたる、さすがに、住む人の有《あ》ればなるべし。

かくても有《あ》られけるよと、あはれに見るほどに、かなたの庭に、大きなる柑子《かうじ》の木の、枝もたわわに生《な》りたるが、周《まは》りを厳しく囲ひたりしこそ、少し、事醒《ことさ》めて、この木、無《な》からましかば、と覚えしか。

（現行の章段区分では、「神無月の頃」からここまでが、第十一段）

第十段の後半で書かれている屋根に縄を張った住まいの話は、小坂殿の縄の理由が説明されることによって、西行のやや短絡的な判断をあぶり出す機能を持ち、住み手の心は、必ずしも住まいの外観に反映しない場合もあることが示される。

このような記述は、直前の第十段の前半で書いたばかりの、住まいというものは住み手の趣味や人柄の反映であるという考え方自体を、早くも相対化している。さらに第十一段において、表向きは理想的な草庵暮らしと見えたものが、よく見れば、利欲を隠し持っていることがわかり、一筋縄ではゆかぬ現実に直面した兼好自身の慨嘆を描いている。

『徒然草』の住居観は、第十段と第十一段を読んだだけでも、実に複雑微妙にその住み手のあり方に思いを巡らす兼好の思索を表していることがわかる。『徒然草』における住居観には、兼好の深い人間認識が投影されている。

『徒然草』の廃墟と廃園

ところで、『徒然草』における住居観は、第十段や第十一段で見たような現実の住まいに対するものにとどまらない。第二十五段は、どのように立派な建築物も、歳月の中でいつしか崩壊し、廃墟となるさまが描かれている。この段は、鴨長明の『方丈記』の前半が、五大災厄によって、住居が破壊されることをリアルに描く場面と好一対と言ってもよいだろう。次に掲げるのは、第二十五段の全文である。

飛鳥川《あすかがは》の淵瀬《ふちせ》、常ならぬ世にし有《あ》れば、時移《うつ》り、事去《ことさ》り、楽しび・悲しび行《ゆ》き交《か》ひて、華《はな》やかなりし辺《あた》りも人住まぬ野良《のら》となり、変はらぬ住家《すみか》は、人改《あらた》まりぬ。桃李《たうり》、物言はねば、誰《たれ》と共《とも》にか昔を語らむ。まして、見ぬ古《いにしへ》のやんごとなかりけむ跡《あと》のみぞ、いと儚《はかな》き。

京極殿《きやうごくどの》・法成寺《ほうじやうじ》など見るこそ、志《こころざし》、留《とど》まり、事変《へん》じにける様《さま》は、哀《あは》れなれ。御堂殿《みだうどの》の作り磨《みが》かせ給《たま》ひて、庄園《しやうえん》多く寄せられ、我《わ》が御族《おほんぞう》のみ、御門《みかど》の御後見《おほんうしろみ》、世の固めにて、行末《ゆくすゑ》までと思《おぼ》し置きし時、いかならむ世にも、かばかり褪《あ》せ果てむとは思《おぼ》してむや。大門《だいもん》・金堂《こんだう》など、近くまで有《あ》りしかど、正和《しやうわ》の頃、南門《なんもん》は焼けぬ。金堂は、その後、倒《たふ》れ伏したるままにて、取り立つる業《わざ》もなし。無量壽院《むりやうじゆゐん》ばかりぞ、その形《かた》とて残りたる。丈六《ぢやうろく》の仏《ほとけ》、九体《くたい》、いと尊《たふと》くて並び御座《おは》します。行成《かうぜい》の大納言《だいなごん》の額《がく》、兼行《かねゆき》が書ける扉《とびら》、鮮《あざ》やかに見ゆるぞ、哀《あは》れなる。法華堂《ほつけだう》なども、いまだ侍《はべ》るめり。これも、また何時《いつ》までか有《あ》らむ。かばかりの名残《なごり》だに無《な》き所々《ところどころ》は、自《おの》づから礎《いしずゑ》ばかり残るも有《あ》れど、定かに知れる人も無《な》し。

然《さ》れば、万《よろづ》に、見ざらむ世までを思ひ掟《おき》てむこそ、儚《はかな》かるべけれ。

住まいが廃墟となり、庭園が廃園となることは、既に王朝時代の文学作品などでも描かれてきており、『徒然草』のこの部分が特に目新しいわけではない。けれども、大貴族が権力と財力を傾けて造営した建造物さえも、歳月の中で崩壊は免れ得ないものであり、だからこそ、将来までずっと現状を維持し続けようなどとは思ってはならない、という一つの結論を導き出すこの叙述は、『徒然草』ならではの、透徹した史観である。これによって、住居観は時間論ともなり、人間が願ってよいことと願っても遂には叶えられないことがあることを、明瞭に描き出す。

この兼好の筆法は、建造物の崩壊を描くにとどまらない。人間が死去してからその人の墓さえも鋤《す》き返され、消滅してゆくありさまを描く第三十段とも響き合っている。形あるものは、それが発生した瞬間から崩壊へ向かって絶えず歩み続けるものであり、それはどのような堅固な建造物であれ、どのようにかけがえのない一人一人の人間の肉体であれ、決して崩壊・消滅を免れ得ないものである。そのことを、兼好は骨身に沁みて実感している。いやむしろ、これらのような記述が書き残されていることによって、彼の明晰な認識力が、そういったこの世の真実をはっきりと見据えていたことがわかる、と言った方が適切かもしれない。

なお、第二十五段に続く第二十六段では、人間の心が変化することを書いている。そこで挙げられている『堀川百首』の「昔見し妹《いも》が垣根は荒れにけり茅花《つばな》交じりの菫《すみれ》のみして」という和歌は、廃園の情景を詠んでいる。第二十五段で描かれていたような広大な豪華な建造物が崩壊した跡を廃墟と呼ぶならば、もっと規模の小さい住まいが荒れ果てた場合は廃屋・廃園となる。『徒然草』には、そのような廃園や廃屋についても書かれているのである。

荒れたる庭の美学

第三十二段は、『徒然草』には珍しく、兼好自身の体験談として書かれている。この段自体の主旨は、訪問客が帰った後もすぐに戸を閉めたりせずに、月を眺めていたある女性の、風雅な振る舞いへの賞賛である。しかしながら、そのような賞賛すべき振る舞いとよく融和した女性の住まいの描写も、また細やかである。その部分が原文では、「荒れたる庭の、露滋《しげ》きに、態《わざ》とならぬ匂《にほ》ひ、しめやかにうち薫《かを》りて、忍《しの》びたる気配《けはひ》、いと、物哀《ものあは》れなり」と描かれている。

ここでは、庭のたたずまいと住み手の人柄が合致しており、第十段で述べていたような理想の住まいを、兼好が実際に見た体験談として書かれている。このように、兼好が現実の中で体験したよき住まいは、外見を見て判断することが多いのであるが、第四十四段も偶然見た住まいの好もしさを書いている。

第四十四段では、ある夜、風雅な若者が、笛を吹きながらどこへともなく歩いてゆくのを見かけた兼好が、いったいどこへ行くのだろうと思いながらついてゆくと、彼は山際《やまぎわ》にある貴族の邸宅に入ってゆく。そこでは仏事が行われるらしく、人々が集まっている。その庭の情景が、好ましいものとして、次のように描かれている。

夜寒《よさむ》の風に誘《さそ》はれ来《く》る空薫物《そらだきもの》の匂ひも、身に沁《し》む心地《ここち》す。寝殿《しんでん》より、御堂《みだう》の廊《らう》に通《かよ》ふ女房《にようばう》の追風用意《おひかぜようい》など、人目無《ひとめな》き山里とも言はず、心遣《こころづか》ひしたり。心のままに繁《しげ》れる秋の野良《のら》は、置き余る露に埋《うづ》もれて、虫の音《ね》、託言《かごと》がましく、遣水《やりみづ》の音《おと》、長閑《のどやか》なり。都の空よりは、雲の往来《ゆきき》も速《はや》き心地《ここち》して、月の晴れ曇《くも》る事、定め難《がた》し。

第三十二段といい、この段といい、兼好が外から見た好ましい庭のたたずまいが、秋の夜の情景の中で描かれている。兼好の住居観が、さまざまな現実の住まいを見聞することによって形作られていることが分かると共に、兼好自身の住まいのことは書かれていないことにも気づかされる。

美しい住まい

『徒然草』に描かれる好ましい住まいは、外観として描かれることが多いが、第百四段は、室内描写にまで踏み込んでいて、注目される。この段は、まず「荒れたる宿の人目《ひとめ》無《な》きに、女の、憚《はばか》る事有《あ》る頃にて、徒然《つれづれ》と籠《こ》もり居《ゐ》たるを」という書き出しで始まる。「荒れたる宿」とあるが、庭の様子の具体的な描写はなく、「心細げなる有様《ありさま》」「あやしき板敷《いたじき》」「立て開《あ》け、所狭《ところせ》げなる遣戸《やりど》」など、建物に関連する記述が簡略に書かれるだけで、室内描写に入っている。その室内も、詳しくは書かれていない。「火はあなたに仄《ほの》かなれど、物の綺羅《きら》など見えて、俄《にはか》にしもあらぬ匂《にほ》ひ、いと懐《なつ》かしう住《す》み成《な》したり」とあるが、それほど具体的な書き方ではない。

ところが、この段を読むと、非常に優雅で落ち着いた住まいのたたずまいが、浮かび上がってくる。なぜだろうか。それはおそらく、「荒れたる宿」という言葉が王朝物語的な場面を喚起させると共に、既に取り上げたようなこの段以前のいくつかの「荒れたる庭」の情景も思い浮かぶからであろう。逆に、もしここで詳しく荒れた庭の情景が書かれていたら、繰り返しという印象が強くなってしまうだろう。

心の象徴としての廃屋

第二百三十五段は、「主《ぬし》有《あ》る家には、漫《すず》ろなる人、心のままに入《い》り来《く》る事無《な》し。主《あるじ》無《な》き所には、道行《みちゆ》き人《びと》、妄《みだ》りに立ち入《い》り、狐《きつね》・梟《ふくろふ》様《やう》の物も、人気《ひとげ》に塞《せ》かれねば、所《ところ》得顔《えがほ》に入《い》り住《す》み、木霊《こたま》など言ふ、怪《け》しからぬ形《かたち》も、顕《あらは》るる物なり」と述べて、さまざまな雑念が浮かんでは消え、消えては浮かぶ人間の心というものを、狐や梟や木霊などが所得顔に棲み着く廃屋に喩えている。第十段では、住まいこそが住人の象徴であると書いていたが、『徒然草』も終わり近くなったこの第二百三十五段では、心の本質は、住人不在の廃屋のようであると書いている。兼好は、人間と住まいを切り離しがたく考えているのである。

『徒然草』における住まいのさまざま

『方丈記』が住まいに焦点を絞った作品だったのと比べて、『徒然草』は、序段に「心にうつりゆく由無《よしな》し事《ごと》を、そこはかとなく書き付《つ》くれば」とあるように、何か特定のことがらに絞って書いてはいないので、住まいのことも『徒然草』の全体にわたって、あちこちに分散している。これから取り上げる住まいに関する章段は、『徒然草』の独自性が、とりわけ感じられる段である。つまり、『徒然草』における住まいには、いろいろな価値観や物の見方が反映されており、そのことが『徒然草』の新しさになっているということである。

これまで見てきた草庵暮らしの勧めや「荒れたる庭」の風情は、『方丈記』や『源氏物語』の世界と一脈通じるものであった。もちろん、第十段や第十一段に表れていたような人間認識は、いかにも兼好らしいと感じさせるものではあった。しかし、もしも『徒然草』の住まいが、王朝文学に描かれているような「荒れたる庭」や『方丈記』のような草庵暮らしの勧めに留まっていたとしたら、『源氏物語』や『方丈記』の世界から一歩も出ていないことになろう。けれども、これから取り上げる段を始めとして、『徒然草』には、多面的で評論的な独自の住居観が書かれている。

家の設計

住居の好ましい建て方について、第五十五段には、次のように書かれている。

家の作《つく》り様《やう》は、夏を旨《むね》とすべし。冬は、いかなる所にも住まる。暑き頃、悪《わろ》き住居《すまひ》は、堪《た》へ難《がた》き事なり。深き水は、涼しげ無《な》し。浅くて流れたる、遙《はる》かに涼し。細《こま》かなる物を見るに、遣戸《やりど》は蔀《しとみ》の間《ま》よりも、明《あ》かし。天井《てんじやう》の高きは、冬寒く、燈火《ともしび》暗し。造作《ざうさく》は、用無《ような》き所を作りたる、見るも面白く、万《よろづ》の用にも立ちて良しとぞ、人の定め合《あ》ひ侍《はべ》りし。

この段では、住まいについて、庭と建物の両方を取り上げて、どのような住まいがよいかを論評している。しかも、最後に「人の定め合ひ侍りし」とあるので、人々の合議であることが明かされている。単なる兼好個人の好みではないことを示して、より一層普遍性を持たせているのであろうか。ここで語られている理想の住まいは、住まうための快適さが基準になっている。

住まいの外観が住人の人間性の反映であるとする第十段のような捉え方は、他人の住まいへの判断であったが、自分が住む場合に最も重要なのは快適さであることを、この段は表している。このような住まいへの価値判断が明確に出ている段を読むと、『徒然草』以前の文学作品に表れていた住まいの観点が相対化される。なぜなら、住まいを考える場合に、豪華で広大な邸宅と簡素で小さな草庵という、型に嵌《は》まった二項対立的な観点以外の新しい視点が、浮上してくるからである。

この第五十五段に書かれているような、機能性や実用性に力点を置く住まいの快適さの追求は、『方丈記』で強調されていた自分の満足という精神的な観点とは、多少異なる。この段に象徴されるように、『徒然草』では、現実的・世俗的な住まいのあり方にも、かなりの目配りがなされている点に新しさがある。

なお、第五十五段の冒頭部分を使って、江戸時代の古典学者・北村季吟《きぎん》は、「夏を旨《むね》とすべしる宿《やど》や南向き」という句を作っている。「家の作《つく》り様《やう》は、夏を旨《むね》とすべし」という部分を取り込んでいるのは当然だが、それ以外にも「夏を旨とすべし」と「術《すべ》知《し》る」（方法を知っている）とが懸詞《かけことば》になっている。いかにも『徒然草文段抄《もんだんしよう》』という注釈書を著し、『徒然草』に通じていた季吟らしい面白味が感じられる句である。

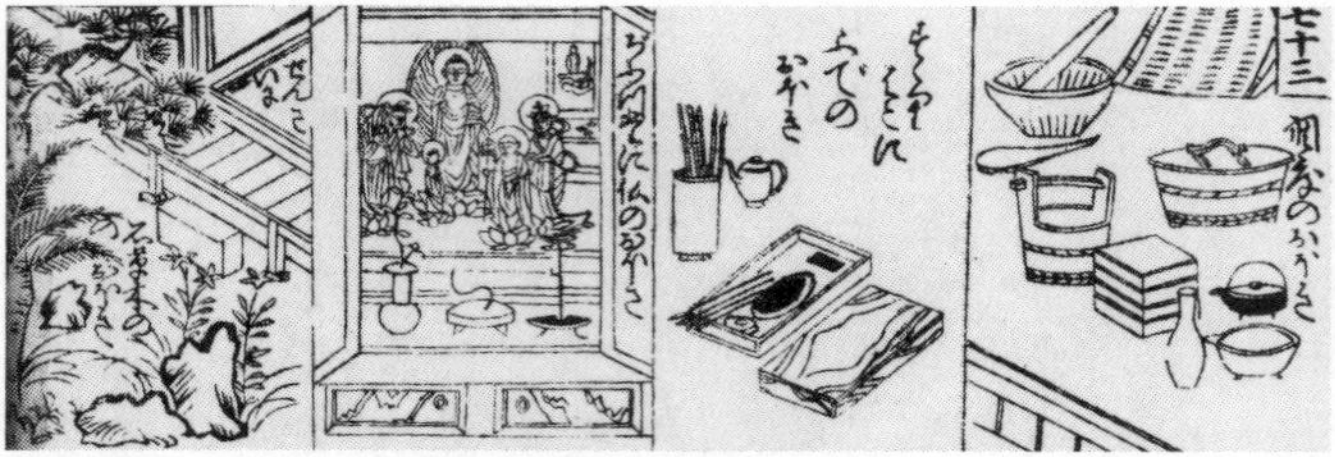

『徒然草絵抄』（架蔵）第72段の挿絵。右から、調度・硯と筆・持仏堂・庭の４図。右上に「七十三」とあるのは、現行の章段番号と異なる。

室内の調度品への論評

今取り上げた第五十五段以外にも、『徒然草』には、住まいに関する論評が書かれている。それらはかなり辛辣である。第七十二段を見てみよう。

賤《いや》しげなる物。居《ゐ》たる辺《あた》りに、調度《てうど》の多き。硯《すずり》に、筆の多き。持仏堂《ぢぶつだう》に、仏《ほとけ》の多き。前栽《せんざい》に、石・草木の多き。家の中《うち》に、子《こ》・孫《うまご》の多き。人に会ひて、言葉の多き。願文《ぐわんもん》に、作善《さぜん》多く書き載《の》せたる。多くて見苦しからぬは、文車《ふぐるま》の文《ふみ》、塵塚《ちりづか》の塵《ちり》。

この段の文体は、『枕草子』の「もの尽《づ》くし」に倣っている。「賤《いや》しげなる物」と言いながら、ここに書かれているのは「多くて、賤しげなるもの」であり、しかもそれら

『徒然草絵抄』第72段の挿絵の続き。右から、子孫・文車・塵塚の３図。

のほとんどは、住まいと結びついている。なお、江戸時代の『徒然草絵抄』（元禄四年刊）には、各頁の上部に挿絵が入っており、段によっては一図ではなく、いくつもの挿絵が描かれている。この第七十二段は、言葉が多いことと、作善が多いことの二つを除いて、内容のすべてが挿絵として描かれている。

第八十一段には、調度品をめぐる論評が書かれている。原文を示そう。

屏風《びやうぶ》・障子《しやうじ》などの、絵も文字も、頑《かたく》なる筆様《ふでやう》して書きたるが、見悪《みにく》きよりも、宿の主《あるじ》の拙《つたな》く覚ゆるなり。

大方《おほかた》、持てる調度《てうど》にても、心劣《こころおと》りせらるる事は有《あ》りぬべし。然《さ》のみ良き物を持つべしとにもあらず。損《そん》ぜざらむ為《ため》とて、品無《しなな》く、見悪《みにく》き様《さま》にし成《な》し、珍しからむとて、用無《ような》き事どもし添へ、煩《わづら》はしく好み成《な》せるを言ふなり。古めかしき様《やう》にて、いたく事々《ことごと》しからず、費《つひ》えも無《な》くて、物柄《ものがら》の良きが、良きなり。

第十段で好ましい住まいのことを書いた観点と同様のことが、ここでは調度品について書かれている。屏風や障子に書かれた絵や文字が下手なのは、それを描いた人の技量による。しかし、それを無造作に自分の住まいに取り入れているのは、その家の主人の責任である。自分の住まいの調度品は、よく吟味した趣味のよいものであるべきで、ごてごてしたものや珍奇なものは持つべきでない、という明確な主張である。

一般に、住居記は、自分の身の周りの調度品や文房具などを具体的に書く。白居《はくきよ》易《い》(白楽天)の『草堂記《そうどうき》』には、竹の簾や琴、儒教や仏教の書物などが堂中にあることが書かれているし、鴨長明の『方丈記』(大福光寺本)には、仏画や法華経や和歌の本、琴や琵琶などの楽器も庵に置いていることが具体的に書かれている。しかし、『徒然草』では、兼好の部屋にどのような調度品が置かれているか、何も記さない。『徒然草』には住まいをめぐる記述が多いにもかかわらず、自身の住居記としての章段は見られず、住まいをめぐる価値判断や批評が書かれているところに特徴がある。

庭のあり方

庭のたたずまいに兼好が強い関心を持っていることは、今まで見てきた諸段からも明らかだが、庭をめぐる章段はまだ他にもある。ここでは対照的な価値観が書かれている第百三十九段と第二百二十四段の二つの章段を取り上げて、『徒然草』の住まいに対する観点が、趣味と実用の双方を包含していることを明確にしておきたい。

ところで、このように、ある話題があちこちに繰り返し書かれていることが『徒然草』の特徴である。一箇所で集中的に扱われていないことによって、かえって、住まいに対する価値観を、多角的に書くことができたのではないか。このことは、『徒然草』の性格を考えるためにも重要な視点であろう。断章形式でさまざまな内容が短く書かれ、話題がすぐに転換する『徒然草』の文学形式は、ある事柄に対する複数のさまざまな観点を、違った角度から書くことを可能とする。『方丈記』が自分の人生遍歴や人生体験と分かちがたく結びついた凝縮力のある求心的な草庵記であるのに対して、『徒然草』は逆に、兼好の人生の軌跡から一旦切り離されることによって、自由で広がりのある内容となった思索の書である。そのことが、両者の対比によって明瞭になる。

第百三十九段は、「家に有《あ》りたき木は、松・桜」という書き出しで、ほぼ四季の順序に沿って、庭に植えたい樹木や草花を列挙している。桜は一重《ひとえ》がよく、八重桜は植えなくともよいとか、遅桜《おそざくら》や遅咲きの梅も好まないなど、かなり好悪をはっきりと書いている。家の庭に植えたい植物としては、ごく普通のどこにでもある草木がよい、とも述べている。この段は、「この外《ほか》の、世に稀《まれ》なる物《もの》、唐《から》めきたる名の聞き悪《にく》く、花も見慣れぬなど、いと懐かしからず。大方《おほかた》、何《なに》も珍しく有《あ》り難《がた》き物は、良からぬ人の持《も》て興《きよう》ずる物なり。然様《さやう》の物、無《な》くて有《あ》りなむ」と締めくくられる。

つまり、この段も、庭の植栽の好ましい姿を述べながら、そこから、人間認識に及んでいる点で、第十段の書き方と軌を一にしている。なお、この段の庭の様子から察するに、この住まいは決して山里の草庵を想定しているのではなく、おそらくは都の市中に邸宅を構える場合の庭の草木のことを書いていると思われ、ここでも『徒然草』の住まいは、草庵よりも在俗の住まいのことを書くのに熱心なようである。

このように、第百三十九段が、風雅で趣味的な美しい庭について述べた段であるのに対して、第二百二十四段は、それとは対極にある実利的な庭のことを書いている。そしてこのような庭のあり方に対して、兼好が決して否定的ではなく、むしろ共感を持って書き留めていることにも注目したい。しかも、ここは兼好自身の家のことが書かれている点で、貴重な一段である。第二百二十四段の全文を次に引用しよう。

陰陽師《おんやうじ》・有宗《ありむね》の入道《にふだう》、鎌倉より上《のぼ》りて、尋ね詣《まう》で来《きた》りしが、先《ま》づ、差し入《い》りて、「この庭の徒《いたづ》らに広き事、あさましく、有《あ》るべからぬ事なり。道を知る者は、植《う》うる事を努《つと》む。細道《ほそみち》一つ残して、皆、畑《はたけ》に作り給《たま》へ」と諫《いさ》め侍《はべ》りき。
真《まこと》に、少しの地《ち》をも、徒《いたづ》らに置《お》かむ事は、益無《やくな》き事なり。食《く》ふ物・薬種《やくしゅ》など、植《う》ゑ置《お》くべし。

ここで「庭」とあるのは、造園に意匠を凝らす場所としての庭園ではなく、家の周りの敷地のことであると、諸注釈書では指摘されている。それにしても、ここは兼好の草庵なのか、それとも市中の邸宅なのか、この段の記述からだけでは決めにくいところである。このような点が、兼好と長明の大きな違いであり、兼好の場合も今まで見てきたように、住まいへの関心はかなり強いと思われるにもかかわらず、自分の住まいのことは具体的にはほとんど何も書かない。この段にしても、決して具体的な記述とは言えない。ただ茫漠たる敷地の広がりがわかるだけで、何とも捉えどころがない。それでも兼好は有宗の、敷地はすべて畑にして食用植物や薬草を植えよとの助言を、もっともなことだとしている。「真《まこと》に、少しの地《ち》をも、徒《いたづ》らに置《お》かむ事は、益無《やくな》き事なり」という兼好の価値判断は、今まであれほど風雅な住まいのたたずまいを力説してきた同一人物とも思えないほどである。

ただし、第百二十二段には「金《こがね》は優《すぐ》れたれども、鉄《くろがね》の益《やく》多きに如《し》かざるが如《ごと》し」という言葉が見え、次の第百二十三段でも「思ふべし、人の身に、止《や》む事を得ずして営む所、第一に食ふ物、第二に着る物、第三に居《ゐ》る所なり。人間の大事、この三つには過《す》ぎず」と述べたうえで、これらに加えて、薬の重要性にも触れている。したがって、庭を畑にせよと言われた兼好がもっともなことだと共鳴したのも、これらの段を読み合わせれば当然のことであったろう。

しかしながら、ここで重要なのは、兼好の価値観が風雅から実用へと転換したと一律に考えることではなく、住まいのあり方に関する多様で自由な思索が、『徒然草』

高嵩谷の描いた兼好読書図（架蔵）。賛を書いたのは、鹿都部真顔。

には書き留められていることなのである。

その思索行為を保証するのが、閑居生活であることを思えば、ここで改めて『徒然草』に描かれた閑居のありようについて取り上げる必要があろう。

思索の場としての閑居と独居

『徒然草』に書かれているさまざまな住まいに関する章段の中から、思索と閑居に関する段を取り上げよう。第十三段は、兼好の読書に対する沈潜が書かれている。江戸時代以後に好んで描かれるようになった兼好の肖像画は、読書姿の絵が多いが、その原型となっている段でもある。

一人《ひとり》、燈火《ともしび》の下《もと》に、文《ふみ》を広げて、見ぬ世の人を友とするぞ、こよなう慰む業《わざ》なる。文《ふみ》は、『文選《もんぜん》』の哀《あは》れなる巻々《まきまき》、『白氏《はくし》の文集《もんじふ》』、『老子』の言葉、『南華《なんくわ》の篇《へん》』。この国の博士《はかせ》どもの書ける物も、古《いにしへ》のは、哀《あは》れなる事、多かり。

この段には、直接には住まいのことは書かれていないが、読書生活を書いた段であるからには、兼好の日常の暮らしを彷彿させる数少ない段の一つといえよう。このような、独り静かに書物と向き合う兼好の日常は、さらなる深い思索をもたらした。兼好の孤高とも言える人間観を描いているのは、第七十五段である。原文を引用してみよう。

徒然《つれづれ》侘《わ》ぶる人は、いかなる心ならむ。紛《まぎ》るる方《かた》無《な》く、ただ一人有《あ》るのみこそ良《よ》けれ。

世に従へば、心、外《ほか》の塵に奪はれて惑《まど》ひ易《やす》く、人に交《まじ》はれば、言葉、外《よそ》の聞きに従ひて、然《さ》ながら心に有《あ》らず。人に戯《たはぶ》れ、物に争ひ、一度《ひとたび》は恨み、一度《ひとたび》は喜ぶ。その事、定まれる事無《な》し。分別《ふんべつ》、妄《みだ》りに起こりて、得失《とくしつ》、止《や》む時無《な》し。惑ひの上《うへ》に、

酔《ゑ》へり。酔《ゑ》ひの中《うち》に、夢を成《な》す。走りて忙《いそ》がはしく、惚《ほ》れて忘れたる事、人皆《ひとみな》、かくの如《ごと》し。（下略）

「紛《まぎ》るる方《かた》無《な》く、ただ一人有《あ》る」ことによって、兼好の思索が自由で全方位に開放された視点を持つことが保証される。そして、その思索の軌跡が『徒然草』として結実したのである。

「住まい百科」としての『徒然草』

『徒然草』に表れた住まいの章段を取り上げて、そこに描かれている住まいの諸相を見てきた。『徒然草』には、多彩な話題が書かれているが、その中には住まいに関する章段がかなりあるので、兼好が住まいに強い関心を持っていたことがわかる。そして、その記述をたどることによって、『方丈記』と『徒然草』の作品としての性格の違い、ひいては長明と兼好のものの見方の違いも明確になった。

『方丈記』の場合は、住まいに焦点を絞ることによって、凝縮した完成度を持つ印象的な作品となっていた。その凝縮力を支えているのは、まず和漢混淆文による文体であった。次に、内容的には、長明のそれまでの人生における実体験を、災害体験と住居歴という形で織り込み、そこから得られた方丈の庵における自分の満足のゆく生活が理想であるという結論が、読者に説得力をもって迫ってくる作品だった。

それと比べて、『徒然草』は、いくつかの主調低音はあるとしても、基本的には、さまざまなことが書かれている。しかも兼好は、自分の住まいや暮らし方を具体的に書くことはせず、兼好の目に映り、彼の思索に定着した住まいのあり方や、それを通しての人間認識を書くことの方に力点を置いている。

兼好にとっての住まいとは、一律にそのあり方を規定する存在ではなく、風雅な趣味的な住まいが好ましいが、それだけがすべてではない。機能性や実用性も視界に入っている。草庵暮らしから邸宅までを念頭に置き、住人も男性であったり女性であったりと、多様性に満ちた書き方を採っている。このような書き方を可能としたのは、兼好が自分の住まいの記述に捕われなかったからであり、もし自分のことを書くことに終始していたら、このような多彩な内容は決して書けないだろう。

『方丈記』と『徒然草』という、並び称される中世文学の名作は、片や、自らの人生と住まいを書いた文学として、片や、「住まい百科」ともいうべき多様な住まいのあり方が書かれている作品として、相互補完的な関係にある。後世の住居記に、『方丈記』と『徒然草』からの引用を同時に含む作品もあるのは、このように考えれば頷けるのではないだろうか。

『徒然草』における兼好のあり方

最後に、『徒然草』の住まいに着目することで浮かび上がってくる兼好のあり方について、一言述べておきたい。『徒然草』に書かれている住まいに関する記述は、そのほとんどが、人間認識と結びついていた。そこから窺われるのは、出家者としての生き方という枠組みに捕われない人間認識であった。そのことは、住まいのあり方が草庵生活よりもむしろ、在俗者の住まいやそこに置かれる調度品の趣味などに力点を置いて書かれていることからも言えることであった。このような書き方は、時代を越える普遍的な存在としての人間認識を『徒然草』が示した、ということを物語る。そのことが、中世以後の時代の中で、『徒然草』が盛んに読まれ、共感されてゆく原動力となってゆく。

なるほど『徒然草』には、兼好がどのような住まいに暮らし、そこでどのような日常を送ったかは具体的に書かれていない。しかし、住まいの規模や庭の様子、室内に何が置かれているかということのみが、その人間の生身の姿を表すものなのだろうか。『徒然草』に遍在する兼好の思索と認識こそ、兼好という人間の真の姿であり、そのような思索と認識を可能とする生活を送ったということは、『徒然草』の表現にしっかりと織り込められている。『徒然草』を読むことは、兼好の住まいの構造を図面に書くことよりももっとリアルに、兼好の心の内なる真実を知ることに繋がる。

兼好は自分自身の暮らしのことを、書かずに隠してなどいない。彼にとって日々の暮らしとは、この思索と認識の異名であり、それが『徒然草』を執筆することだったのである。

『方丈記』が切り開いた「草庵記」の世界は、『徒然草』によって、その文学的領域が大きく広げられた。『徒然草』の意義は、「住まいの文学」への多様な視点を提供したことだった。

●第四章

風雅な庭園　中世文人の造園趣味

中世文人の住まいと庭園

前章で取り上げた『徒然草』には、住まいの快適さや、庭を畑にして食用植物や薬草を植えるべきであるとも書かれていた。『方丈記』が出家者の草庵暮らしの理想性を描いたのに対して、『徒然草』は住まいへの観点がむしろ在俗的であった。

平安時代の漢詩集や物語文学には、しばしば庭園のことが出てくるが、中世の時代になると、自分自身の好尚にしたがって庭作りを楽しむ人々の姿が目立つようになる。これは「造園趣味」とも言うべき傾向であり、『方丈記』のような簡素で宗教的な精進生活とは、また一味違った閑居生活への志向である。言わば、美的で趣味的な暮らしである。

本章では、まず最初に『新古今和歌集』の時代を代表する二人の歌人、藤原定家《ていか》と藤原良経《よしつね》における閑居や庭への関心に触れる。中世和歌における庭園や草庵を視界に入れることが重要だからである。次に『徒然草』の著者である兼好と同時代の歌人・頓阿《とんあ》の造園趣味について述べ、最後に室町時代の文学者と庭園の関わりについて考えたい。なお、本章のサブタイトルで「文人」という言葉を使ったのは、単に文学者と言うより、趣味人としてのイメージで彼らを捉えたいからである。

『徒然草』に描かれた藤原定家の住まい

『徒然草』第百三十九段が、好ましい庭園の植栽について書かれた段であることは、前章でも触れた。その際には引用しなかったが、次のような記述も見られる。

「一重《ひとへ》なるが、まづ咲きて散りたるは、心疾《こころと》く、をかし」とて、京極《きやうごく》の入道《にふだう》の中納言《ちゆうなごん》は、猶《なほ》、一重梅をなむ、軒近《のきちか》く植《う》ゑられたりける。京極の屋《や》の南向きに、今も二本《ふたもと》侍《はべ》るめり。

藤原定家は一重の梅を好んで、自邸の軒端近くに植え、その二本の梅が邸の南側に今もあるという、と兼好は書いている。定家は兼好の時代から百二十年ほど前の歌人である。兼好もまた、おそらくは梅を好んでいただろうことは、同じ第百三十九段で「梅は、白き、薄紅梅《うすこうばい》。一重なるが、疾《と》く咲きたるも、重なりたる紅梅の匂ひめでたきも、皆、をかし」と書いていることや、四季折々のことを書いた第十九段でも、「花橘《はなたちばな》は、名にこそ負《お》へれ、猶《なほ》、梅の匂《にほ》ひにぞ、古《いにしへ》の事も立ち返り、恋しう思ひ出《い》でらるる」と書いていることからも、容易に想像できる。

なお、『芭蕉七部集』の一つである『炭俵《すみだわら》』には、「梅一木《ひとき》つれづれ草《ぐさ》の姿かな」という露沾《ろせん》の句が収められている。梅は「好文木《こうぶんぼく》」とも呼ばれるが、これは、皇帝が学問を好むと咲き、怠ると萎んだ故事にちなんでいる。また、蘭、竹、菊と共に「四君子」の一つとして、梅は古来、文人たちに愛されてきた。

藤原良経の『作庭記』

藤原良経の著作とされてきた『作庭記《さくていき》』という作品がある（日本思想大系『古代中世藝術論』所収）。ただし、現在の学界の定説では、良経の著作というよりも、彼が所持していた書物だと解釈されている。『作庭記』は寝殿造《しんでんづくり》の造園を念頭に置いて、石組《いしぐみ》・池・島・滝・遣水《やりみず》など、造園に関するさまざまな技術や理論が書かれている。興味深い記述をいくつか挙げよう。

○国々《くにぐに》の名所を思ひ巡らして、面白き所々《ところどころ》を我《わ》が物《もの》に成《な》して、大姿《おほすがた》を、その所に擬《なずら》へて、和《やは》らげ立《た》つべきなり。

○池も無《な》く、遣水も無き所に、石を立つることあり。これを、枯山水《かれさんすい》と名付《なづ》く。

○遣水の辺《ほと》りの野筋には、大きに蔓延《はびこ》る前栽《せんざい》を、植《う》うべからず。桔梗《きちかう》・女郎花《をみなへし》・吾亦紅《われもこう》・擬宝珠様《ぎぼうしやう》の物《もの》を植うべし。

○若《も》し、池あらば、島には、松・柳、釣殿《つりどの》の辺《ほと》りには、楓様《かへでやう》の、夏木立《なつこだち》涼し気《げ》ならむ木を、植うべし。

○門の中心に当たる所に木を植うること、憚《はばか》るべし。「閑」の字に成《な》るべき故《ゆゑ》なり。

また、この『作庭記』の中で、文学との関わりにおいて興味深い記述がある。

> 名所を学《まね》ばんには、その名《な》を得《え》たらむ里《さと》、荒廃したらば、その所を学《まな》ぶべからず。荒れたる所を家の前に移し留《とど》めむ事《こと》、憚りあるべき故《ゆゑ》なり。

「学ぶ」は、まなぶ・まねぶ、両様に発音するが、そっくりに真似る、という意味である。つまり、『作庭記』では、荒廃した名所の様子を我が庭に模してはならないというのである。和歌や物語の世界では、荒廃した名所が「歌枕」として繰り返し詠まれ、描かれてきた。けれども、文学の中でいかに荒廃した場所が描かれようとも、現実の造園をそのようにしてはならないという価値観は注目すべきである。

むろん、そのような禁忌があったとしても、自分の庭をあえて廃園のようにして、最初から造り上げる場合も皆無ではあるまい。時代は下るが、江戸時代の尾張藩下屋敷である戸山荘《とやまそう》には、荒廃した寺院跡や窯跡《かまあと》などが意図的に作られ、廃墟の風景として興を添えていたという。

藤原良経も美濃の国の不破《ふわ》の関を、「人住まぬ不破《ふは》の関屋《せきや》の板庇《いたびさし》荒れにし後《のち》はただ秋の風」（『新古今和歌集』）と詠んでいる。「不破」という名前にもかかわらず、破れ、荒廃したさまを描くことによって、蕭条《しょうじょう》とした光景を現前させる名歌である。

ただし、同時代の他の文学作品では、必ずしも不破の関は荒廃しておらず、若き日の阿仏尼《あぶつに》が書いた『うたたね』という作品では、不破の関所の厳しい関守に、通行を咎められたという記述もあり、関所として機能していたようである。

頓阿の庭園

頓阿《とんあ》は、鎌倉時代末期から南北朝時代にかけて活躍した歌人で、藤原定家の曾孫に当たる二条為世《ためよ》門下の和歌四天王《わかしてんのう》の筆頭であった。和歌四天王とは、年齢順に挙げると、浄弁《じょうべん》・兼好・頓阿・慶運《けいうん》の四人の法体《ほったい》歌人である。浄弁と慶運は父子であり、慶運の息子も歌人となった。頓阿の子孫も、代々有力な歌人となったので、この四人の中で、兼好だけが一代限りの歌人だった。兼好の場合は、江戸時代以後現代にいたるまで、歌人というよりも、むしろ散文で書かれた『徒然草』の著者として名高い。

頓阿は、俗名を二階堂貞宗《さだむね》と言った。二十歳頃には出家し、二十代半ば頃から和歌の詠作が知られている。二条派の重鎮であり、また足利将軍家の信頼も厚く、歌壇の地位も高かった。晩年には、『新拾遺和歌集』の完成を待たずして没した撰者・二条為明《ためあきら》（為世の孫）を引き継いで、これを完成させた。頓阿は西行を慕い、西行が住んだと伝えられる京都東山の雙林寺《そうりんじ》に庵を結び、「跡占《あとし》めて見ぬ世の春を偲《しの》ぶかなその如月《きさらぎ》の花の下陰《したかげ》」という歌を詠んだこともある。西行の、「願はくは花の下にて春死なむその如月の望月《もちづき》の頃《ころ》」を踏まえている。頓阿の家集には『草庵集《そうあんしゅう》』『続草庵集』などがあり、歌学書に『井蛙抄《せいあしょう》』などがある。

野々口(雛屋)立圃「和歌四天王図」(架蔵)。右上から時計回りに、浄弁・頓阿・兼好・慶運。

雙林寺（京都市東山区）の西行堂。

蔡花園の造営

頓阿は晩年、仁和寺《にんなじ》に「蔡花園《さいけえん》」という庭園を造営し、各地の名所から草木を移し植えた。このことは、中世文人の造園趣味の実例として注目すべきであろう。庭を和歌にゆかりの景物で造園することは、遙かに時代を隔てているし、また規模は異なるが、江戸時代の大名庭園、たとえば駒込の六義園《りくぎえん》の造園の先蹤とも言えよう。

蔡花園に移し植えられた由緒ある主な草木は、難波《なにわ》の梅・吉野の桜・宇津《うつ》の山《やま》の蔦《つた》・宮城野《みやぎの》の萩・龍田山《たつたやま》の紅葉《もみじ》などである。さらに草木だけでなく、山城の井手の蛙《かわず》までも取り寄せて庭に配置している。『続草庵集』には、宇津の山の蔦の種を持ち帰って庵の庭に植えたことが、次のように書かれている。『伊勢物語』第九段で、在原業平《ありわらのなりひら》が東下りした場面を踏まえているのは、言うまでもない。

そのかみ、宇津の山を越え侍《はべ》りし時、蔦の種を取りて庵室に植ゑて侍りしが、年々《としどし》に紅葉《もみぢ》したるを見て

宇津の山越えしや夢になり果《は》てむ垣穂《かきほ》の蔦の色に出《い》でずは

さらに、『草庵集』と『続草庵集』から、蔡花園に関する和歌を三首挙げておく。これらの詞書《ことばがき》を読むと、貴顕たちが頻繁に蔡花園を訪れていたことがわかる。侍従《じじゅう》中納言《ちゅうなごん》は二条為明、弾正宮《だんじょうのみや》は花町宮《はなまちのみや》邦省《くにみ》親王、関白殿は二条良基《よしもと》のことである。

侍従中納言、花の頃、和歌所人を誘ひて、蔡花園にて歌詠《よ》まれしに、滝水

一筋《ひとすぢ》にそれとも聞かず松風の響きだにせぬ滝の白糸《しらいと》

花《はな》の盛り、弾正宮、蔡花園に入《い》らせ給《たま》ひし時、関花《せきのはな》

逢坂《あふさか》の関の関守《せきもり》暇《いとま》有《あ》れや人を留《とど》むる花に任《まか》せて

花の頃、関白殿、蔡花園に入らせ給ひて、山家花《さんかのはな》と言ふ事を
今日《けふ》かかる花の春にや逢《あ》はざらむ花咲く山の陰《かげ》に住まずは

頓阿は、子孫が代々歌人として活躍したので、初代の頓阿が造営したこの庭も、頓阿・経賢《きようけん》・尭尋《ぎようじん》・尭孝《ぎようこう》という順序で、代々伝領されていった。『満済准后日記《まんさいじゆごうにっき》』の永享三年（一四三一）十月二十五日の記事には、第六代将軍・足利義教《よしのり》がここを訪れた時の様子が、「龍田山ノ紅葉、東面《ひがしおもて》ノ庭ニ在之《これあり》。此《こ》ノ紅葉計《ばか》リ、相《あ》ヒ残《のこ》リ了《をは》ンヌ。色、誠《まこと》ニ、非如常《つねのごとくにあらず》。吉野ノ桜、北向《きたむき》ノ池ヨリ、北ノ水際《みぎは》ニ在之《これあり》（下略）」と書かれている。また、「宮城野ノ萩、井手ノ蛙等ニ至ルマデ、所々《ところどころ》ノ名物」が、頓阿の時からこの庭に移し置かれて、今に残っていることを賛嘆している。これは、頓阿の曾孫・尭孝の時代のことである。

肖柏の『夢庵記』

頓阿の蔡花園のような風雅な庭園趣味は、室町時代の文人たちにも受け継がれてい

る。牡丹花《ぼたんか》肖柏《しょうはく》は、室町時代の歌人・連歌作者である。和歌で知られる中院《なかのいん》家出身の貴族であるが、早くから、臨済宗の正宗《しょうじゅう》龍統《りゅうとう》に入門し、隠遁生活を送った。師の宗祇《そうぎ》からは「古今伝授」を受け、宗祇から聞いた『源氏物語』『伊勢物語』『古今和歌集』などの古典講釈をまとめている。

肖柏には、『夢庵記《むあんのき》』という短い和文作品がある（次の『三愛記』と共に『群書類従』第二十七輯所収）。自分の草庵の様子を書いた、一種の「草庵記」とも言えるが、そこで描かれているのは、草庵の周囲のことに限っており、『方丈記』に詳しく書かれている庵の内部には触れていない。彼にとって大切なのは、庭の造園であったことを窺わせる。その部分の原文を、次に引用してみよう。

草庵の様《さま》、四隣《しりん》に長松《ちやうしよう》・花樹《くわじゆ》繞《めぐ》りて、前庭《ぜんてい》に、大きなる巌《いはほ》あり。臥龍《ぐわりよう》の如《ごと》く、猛虎に似たり。海辺の石、相《あ》ひ交《ま》じはる。その中に紅梅、軒に近き、有《あ》り。蘆屋《あしや》の里より、遙遙《はるばる》移し来《きた》りて、年《とし》を重《かさ》ぬ。横斜《わうしや》、三、四丈《ぢやう》に及《およ》べり。傍《かたは》らに、井《ゐ》あり。綆《こう》の長きこと、数尋《すうじん》、桐の葉、覆《おほ》ひに、暑を避くに便《たよ》りあり。四時《しいじ》の花、万木に堪《た》へず。これを弄《もてあそ》びて、晨夕《しんせき》、老《お》いを忘る。よて、書院を「弄花軒《ろうくわけん》」と号《がう》す。

草庵の周囲には、松や花の咲く樹木が、ぐるりと植えられている。そして、前庭には、大きな岩が置かれていて、龍が臥したようにも見えるし、猛々しい虎のようにも見える。この岩には、海辺の石が所々に交じっている。軒近く植えられている紅梅は、はるばる蘆屋の里から移植したもので、これも大きく育っている。この木の傍らには、釣瓶縄《つるべなわ》が長く垂れた深い井戸があり、桐の葉陰が井戸を覆い、夏の暑さを避けることができる。四季折々、庭の木々は花咲き、花が咲いていない季節はないほどに種類が多い。朝に夕べに、これらの花々を楽しみ愛《め》でて、老いを忘れることができる。これによって、この住まいを「弄花軒」と名付けることとした。

原文のおおよその意味は、以上のようになろうか。「海辺の石、相ひ交じはる」という部分は意味が取りにくいが、貝殻のことか。また、「桐の葉、覆ひに」の部分は、「桐葉覆ひて」という異文もあり、意味としてはこちらの方がわかりやすいだろう。

『夢庵記』の成立時期は不明であるが、次に取り上げる『三愛記《さんあいのき》』とほぼ同時期だとすれば、肖柏の七十代半ばの頃となる。風雅な住まいでの閑居生活が偲ばれる。『三愛記』には、肖柏が、花の他にも、香と酒も愛したことが書かれている。

『三愛記』

『三愛記《さんあいのき》』は、永正十三年（一五一六）、肖柏が七十四歳の時の和文作品である。この作品は、最初、旧知の常庵龍崇《じょうあんりゅうそう》が、肖柏のことを漢文で書き、それを後に肖柏本人が和文にしたという経緯がある。常庵が書いた漢文と比べて、非常に簡略化されているが、自分の人となりや、三つの愛好品についてかなり具体的に書いている。

冒頭は、「この頃、世に、一人の居士《こじ》あり。儒・釈・道によらず、その形、自然《じねん》にして、九重《ここのへ》の中に年を送りしが、近き頃《ころ》ほひ、津《つ》の国、猪名野《ゐなの》の辺《わた》りに庵を結びて、夢《む》と号し、自《みづか》ら、牡丹花を名《な》とせり」と始まる。この居士（むろん肖柏のこと）は、儒教にも仏教にも道教にも限定されない風流人であり、髪を伸ばした姿であり、「牡丹花」と名乗っている。そして、「花を弄び、香を執《しふ》し、酒を愛す」と述べる。

大広寺（兵庫県池田市）には、江戸時代の田中桐江による「牡丹花隠者遺愛碑」が建っている。

少年の頃から吉野山をたびたび訪れては西行の跡《あと》を慕い、道端の小さな草にも心を留め、霜枯《しもがれ》の野原に残るわずかな花にさえも触れずにはいられない、と書いている。『夢庵記』では、樹木の花のことが中心に書かれていたが、ここでは、可憐な草花への優しい思いが見られる。香は、沈水《じんすい》・蘭奢待《らんじゃたい》・紅塵《こうじん》・梅花《ばいか》・荷葉《かよう》などが、挙げられている。「酒は、唐土《もろこし》・南蛮の味《あぢ》はひを試み」とあるのは、中国やヨーロッパなどの酒までも飲んだということであろうか。「これをもつて風寒を避けて、稀《まれ》なる齢《よはひ》にも越えたり」と、酒によって長寿を保ち、古稀（七十歳）を越えたと記している。

肖柏と『方丈記』

『夢庵記』や『三愛記』から浮かび上がる肖柏の生活は、風雅で趣味的な閑居生活であり、中世初期の仏道に精進するための草庵生活の様式とは、大きく異なっている。ただし、このような自分の趣味・好尚に基づく生活様式は、既に『方丈記』において内在していたものであり、鴨長明が草庵で琴や琵琶を奏で、近くの名所・旧跡・歌枕を散策する暮らしとも、オーバーラップする。けれども、肖柏のこれら二つの和文作品には、『方丈記』に見られるような、鴨長明の内面に抑えがたく湧き上がっていた、世間への批判、そして最終的には自分自身への鋭い問いかけは、少なくとも作品の表面には表れていない。

なお、略本と称される系統の『方丈記』は、広本と称される系統の『方丈記』の前半にある「五大災厄」と、末尾の自問自答を欠く。すなわち、方丈の庵と、そこでの暮らしが中心に書かれているが、延徳本と呼ばれる略本『方丈記』の奥書には、次のように書かれており、注目される。

方丈記者《は》、是《これ》、祇翁之所持。以長明自筆巻物、写之畢《これをうつしをはんぬ》。誠《まことに》、篋中之重宝也。

延徳二年三月上旬　　肖柏判

この奥書を信ずれば、延徳二年（一四九〇）に、肖柏が、師の宗祇が所持していた鴨長明自筆の巻物の『方丈記』を借りて、これを書写したことになる。もし真実ならば、「誠に篋中の重宝」と言うべきであるが、真偽のほどは不明である。ただし、肖柏の二つの和文作品『夢庵記』と『三愛記』は、自分が体験した災害や応仁の乱などに触れず、住まいのありさまと、そこでの暮らしに絞って書いている点で、この延徳本『方丈記』の書き方と一脈通じるものがある。

肖柏が『三愛記』を書いたのは、この『方丈記』を書写したとされる年から二十数年も後のことである。彼もまた、かつて鴨長明が体験した「五大災厄」や源平争乱の時代に勝るとも劣らないような戦乱（応仁の乱）の時代を生きてきた。

肖柏の二編の和文作品『夢庵記』『三愛記』は、近世に入ってから顕著になってくる、風雅な隠遁生活を描く作品群の先蹤として位置づけられよう。

◉第五章

近世前期の住居記

木下長嘯子から芭蕉まで

近世前期の住居記に見る二つの方向性

住まいに関する作品を大きく「住居記」として捉えた場合、これまでの分析によって、二つの方向性、つまり、「人生論的な住居記」と「風雅な住居記」があることが浮かび上がってきた。

「人生論的な住居記」は、『方丈記』やその先蹤となった慶滋《よししげの》保胤《やすたね》の『池亭記《ちていき》』に代表されるような、社会批判に基づく自己の生き方の探求が、大きな特徴である。ただし、これらの作品は、世間の人々の生き方や価値観への鋭い批判を基盤に持つとは言え、自分自身の住まいや日常生活に対する満足感の表明が作品の大きな要素であり、それだけ作品世界に重層性がある。

一方、『方丈記』以後の住居記においては、『方丈記』に内在していた批判精神や社会に対する違和感といった要素が薄まり、住まいへの満足感を中心とする住居記が書かれるようになってくる。その早い事例が、前章で取り上げた肖柏の作品だった。江戸時代以降の住居記は、どちらかといえば、自分好みの住居や庭園での風雅な趣味的生活を描くことが多くなるが、それでも「風雅な住居記」と「人生論的な住居記」とが併存しているといえよう。

長嘯子・惟足・季吟・芭蕉の住居記

本章では、近世前期に活躍した文人・文学者として、木下《きのした》長《ちょう》嘯《しょう》子《し》・吉川惟足《よしかわこれたる》・北村《きたむら》季吟《きぎん》・松尾芭蕉を取り上げ、住まいや庭園に関する彼らの作品を見てゆきたい。彼らはほぼ同時代を生きた文学者であり、何らかの形で互いに関わり合いがある。北村季吟と松尾芭蕉は俳諧の師弟関係であるし、木下長嘯子は芭蕉が敬愛した文人である。また、吉川惟足は、木下長嘯子遺愛の水滴を譲り受けている。

住まいに対する価値観や美意識は、それぞれの個人の生き方と密接に結び付いている。本章で取り上げる彼らの住居記もまた、それぞれに特徴のある興味深いものである。これらの個別の特徴を考えるだけでなく、住まいの文学誌に光を当てる本書の主旨に照らして、各作品の位置づけを見極めることも重要である。その際には、『方丈記』が尺度としての機能を大きく発揮してくる。したがって、以下の論考は、『方丈記』と比較しながら各作品の特徴を明確にする、という方法論を採用したい。

木下長嘯子の住居記

木下長嘯子は、豊臣秀吉の「北《きた》の政所《まんどころ》」（ねね）の兄・木下家定《いえさだ》の長男として、永禄十二年（一五六九）に生まれた。名は勝俊《かつとし》。小浜《おばま》城主だったが、慶長五年（一六〇〇）の関ヶ原の合戦の後、隠栖した。その後、約四十年間を京都東山で過ごし、寛永十七年（一六四〇）からは西山（嵯峨）に移り住み、慶安二年（一六四九）、八十一歳で没した。和歌を細川幽斎《ゆうさい》に学び、松永貞徳《ていとく》・藤原惺窩《せいか》・林羅山《はやしらざん》など、文学者や知識人たちと交友があった。彼の作品をまとめた『挙白集《きょはくしゅう》』十巻は、前半の五巻が歌集、後半の五巻が文集である。長嘯子の和文は、芭蕉の俳文にも影響を与えた。

長嘯子の二つの住居記

木下長嘯子には、和文で書いた二編の住居記がある。一つは東山での隠栖時代の住まいについて書いた『山家記《さんかき》』、もう一つは晩年に西山に移り住んでからの日常を描く『大原記《おおはらき》』である。どちらの住居記も、新日本古典文学大系『近世歌文集・上』に収められている。『万葉集』『古今和歌集』『伊勢物語』『源氏物語』などの和歌・物語文学、中国の故事や漢詩文など、幅広い教養に基づく表現・文体が駆使されており、充実した文学作品である。

とりわけ、ここで注目したいのは、『山家記』にも『大原記』にも、『方丈記』と『徒然草』の影響が顕著に見られることである。自分の住まいと、そこでの日常生活を描くこれらの住居記に、『方丈記』の影響が見られることは当然かもしれない。けれども、『徒然草』からの引用や『徒然草』を彷彿させる表現や発想が見られることは、注目に値しよう。なぜなら、長嘯子が、『方丈記』と『徒然草』を同系列の閑居記として読んでいた可能性を暗示するからである。『徒然草』を閑居記として捉えることは、この時期としては珍しい理解である。

ここで簡単に、室町時代以来の『徒然草』の読まれ方に触れておこう。『徒然草』は、成立して百年くらい経《た》ってから、室町時代の歌人や連歌師たちによって、次第にその文学的な価値が認められた。正徹《しょうてつ》による「花は盛りに、月は隈無《くまな》きをのみ見るものかは」という『徒然草』の美意識への共感や、正徹の弟子の心敬《しんけい》による『徒然草』の無常観や人生観への共感が、室町時代の『徒然草』理解を代表するものであった。ただし、この時期の武家家訓《ぶけかくん》には『徒然草』を引用しているものもあり、近世において主流となる『徒然草』を教訓書として理解する読み方の萌芽も見られる。

そのような『徒然草』享受史の流れの中にあって、『方丈記』と共に『徒然草』を引用している長嘯子の住居記は、『徒然草』を閑居の文学として理解している点で、珍しい存在であるといえよう。近世後期の閑居記には、『徒然草』の影響が見られるものも現れてくる。長嘯子の住居記における『徒然草』の引用は、それらの先蹤とも位置づけられるであろう。

『山家記』に見る『徒然草』の影響

『山家記』の序文に当たる部分では、『万葉集』に載る聖武天皇の「あをによし奈良の山なる黒木《くろき》もて作れる屋戸《やど》は居《を》れど飽《あ》かぬかも」という御製《ぎょせい》に触れる。そして、天皇でさえ木の皮も削らないままの黒木で作った質素な住まいに満足して、「居《を》れど飽《あ》かぬかも」と詠んでおられるのだから、まして、「世を逃《のが》るる直人《ただびと》」である自分のような隠遁者も、天皇の御心に興じて、我がみすぼらしい住まいの様子を隈なく書き表してみよう、と述べる。

　けれども、このような書き方は、序文独特の謙辞である。この後の記述を読んでゆくと、長嘯子の東山の住まいは、みすぼらしいどころか、広壮な敷地に、いくつもの趣向を凝らした建物が点在するという、極めて風雅な空間であることに驚かされる。『山家記』は、草庵暮らしならぬ、大邸宅での閑居生活を描いた作品なのである。

　ところで、この序文の書き出しが、「一人《ひとり》、燈火《ともしび》を挑《かか》げ尽くして」とあるのは、『徒然草』第十三段の、「一人《ひとり》、燈火《ともしび》の下《もと》に、文《ふみ》を広げて、見ぬ世の人を友とするぞ、こよなう慰む業《わざ》なる」と関連すると考えられる。しかも、この序文の末尾が、「己《おの》が賤《あや》しの柴《しば》の袖垣《そでがき》も、隈無《くまな》く書き表《あらは》してむとぞ思ふ」となっているのは、執筆行為そのものに言及する点で、「徒然《つれづれ》なるままに、日暮《ひぐ》らし、硯に向かひて、心にうつりゆく由無《よしな》し事《ごと》を、そこはかとなく書き付《つ》くれば」という『徒然草』序段も連想させる。

つまり、自分の住まいへの謙遜表現として『万葉集』の古歌を持ち出してはいるが、序文の大きな枠組み自体は、『徒然草』の第十三段と序段を使っているということである。このことは、長嘯子の『徒然草』理解を自ずと示している。閑居と読書と執筆とを、『徒然草』の基本姿勢として長嘯子は読み取っているのである。

『山家記』の構成

序文に続いて、「半日《はんじつ》」「独笑《どくしょう》」と名付けた建物のたたずまいを描く。「半日」は、「客は、その閑《しづ》かなることを得《う》れば、我は、その閑《しづ》かなることを失ふに似たれど」とあるので、訪問客と応接する場所であろう。この箇所は、松尾芭蕉の『嵯峨日記』に引用されている。「独笑」は、和漢書や文房具のことを書いているので、書斎に当たる建物であろう。

次には、一転して家の周囲の様子が書かれている。松の木が、数え尽くせないくらい、周りに生えていること、前に谷があり、「長嘯橋《ちょうしょうきょう》」を架けたこと、橋を過ぎると竹林があり、夏も涼しいことを書く。ここまで読み進むと、長嘯子の東山の山荘が広大な敷地を有していることがわかってくる。

そして、夏の情景を書いたことから、続けて秋から冬へ、冬から春へと、それぞれの季節のうつろいと共に、東山山荘での自然に恵まれた生活が綴られる。このあたりの記述は、『方丈記』の書き方に倣っている。表現も、たとえば冬の部分で、「我ながら爪木《つまぎ》を樵《こ》り、松の下枝《しづえ》を拾ふ」とあるのは、『方丈記』に「林の木、近ければ、爪木を拾ふに乏《とぼ》しからず」とある箇所と類似するし、『山家記』の春の記述で、「唐衣《からころも》裾廻《すそわ》の田居《たゐ》に根芹《ねぜり》を摘み、外面の沢に慈姑《くわゐ》を拾ふ」とあるのは、『方丈記』の「或《ある》いは茅花《つばな》を抜き、岩梨《いはなし》を取り、零余子《ぬかご》を盛り、芹を摘む。或いは、裾廻《すそわ》の田居《たゐ》に到《いた》りて、落穂《おちぼ》を拾ひて、穂組《ほくみ》を作る」と似る。かなり強く『方丈記』を意識した書き方になっている。

この他にも、晩秋の情景として、「何時《いつ》しか、軒端《のきば》に馴るる群鳥《むらとり》の、賑《にぎ》はしきさまで鳴き惑《まど》ふが、程無《ほどな》く遠ざかりぬと覚えて、音《おと》もせず成《な》り行《ゆ》くぞ、今更《いまさら》、寂《さび》し気《げ》なる」とある部分は、季節を変えて書いているが、『徒然草』第十九段の大晦日《おおみそか》の夜の描写に、「夜半《よなか》過ぐるまで、人の、門叩《かどたた》き、走り歩《あり》きて、何事《なにごと》にかあらむ、事々《ことごと》しく罵《ののし》りて、足を空に惑《まど》ふが、暁方《あかつきがた》より、さすがに音無《な》く成《な》りぬるこそ、年の名残《なごり》も心細けれ」

とあるのを踏まえていると考えられる。

また、ここに続けて、『山家記』が紅葉が庭に散り敷き、庭の苔の緑との対比が美しいこと、さらに、「冬は、稀《まれ》の細道《ほそみち》も、木の葉に埋《うづ》もれて、いとど人目《ひとめ》なきに」、雪が降ると牡鹿《おじか》以外には踏み分けるものもいない、とあるのも、『徒然草』第十一段の「神無月《かみなづき》の頃《ころ》、栗栖野《くるすの》といふ所を過《す》ぎて、或《あ》る山里に尋ね入《い》る事侍《はべ》りしに、遙《はる》かなる苔《こけ》の細道《ほそみち》を踏み分《わ》けて、心細く住み成《な》したる庵《いほり》あり。木《こ》の葉《は》に埋《うづ》もるる懸樋《かけひ》の雫《しづく》ならでは、つゆ訪《おとな》ふ物無《な》し。閼伽棚《あかだな》に、菊《きく》・紅葉《もみぢ》など折《を》り散らしたる、さすがに、住む人の有《あ》ればなるべし」という情景描写と、使用語彙（紅葉・苔・細道）や表現（木の葉に埋もれて／木の葉に埋もるる）が共通する。長嘯子は、『山家記』のこの箇所を書き進めながら、おそらくは無意識のうちに、『徒然草』の第十九段や第十一段で書かれていた、季節描写や山里の情景を取り込んでいるのではないかと思われる。

さて、四季折々の東山山荘での生活を一通り描いた後に、再び、点在する建物への言及に移る。「寄亭《きてい》」という建物には、三十六歌仙の絵を飾り、「待必《たいひつ》」という楼では月を眺めることを書く。なお、月を見ることのすばらしさや、木の間から漏れてくる月の光のすばらしさを書いている部分は、『徒然草』の第二十一段や第百三十七段と類似している。

　その次には、菜園のこと、酒・書・絵・琴・香など自分の好尚を書く。このあたりの記述は、前章で取り上げた肖柏の『三愛記』を思わせる風雅な趣味生活を描いている。「書」の部分で、「そこはかとなく、真《しん》・草《さう》、打ち交《ま》ぜ、乱れ書きて、等閑《なほざり》に日《ひ》を消し、徒《いたづ》らに紙筆を費《つひ》やす」とあるのは、『徒然草』の序段で、「徒然《つれづれ》なるままに、日暮《ひぐ》らし、硯に向かひて、心にうつりゆく由無《よしな》し事《ごと》を、そこはかとなく書き付《つ》くれば」という部分を思わせる。先に、『山家記』の序文の末尾における『徒然草』序段との類似に触れたが、ここにもまた、『徒然草』序段との関連が見られる。

　さて、『山家記』の最後の部分に、「すべて、山里の哀《あは》れ、言ひ尽くすべきにもあらねば、書き止《さ》しつ。ひとへに、閑《しづ》かなるを楽しみとし、安《やす》きを事《こと》として、唯《ただ》、この主《あるじ》と成《な》り果《おほ》せたるを喜ぶ」とあるのは、『方丈記』の「山中《さんちゆう》の景気《けいき》、折《をり》に付《つ》けて、尽くる事無《ことな》し」や、「唯《ただ》、閑《しづ》かなるを望みとし、憂《うれ》へ無《な》きを楽しみとす」などの表現と類似しており、『方丈記』との強い類縁性を思わせる。

　以上、『山家記』の記述をたどりつつ、『方丈記』と『徒然草』との関連箇所を挙げてみた。今は、その他の典拠にはほとんど触れなかったが、『山家記』のすべての表現は、何らかの和歌や古典文学に依って書き進められているとさえ言えるくらい、先行作品を摂取している。けれども、それらの出典の中でも、とりわけ『山家記』全体の構想や主題と深く関わるのが、『方丈記』と『徒然草』である。この特徴は、もう一つの作品である『大原記』においても見受けられる。

なお、本書でこれまで取り上げた多くの住居記と比べて、この『山家記』の最大の特色は、敷地内に点在する建物のそれぞれに風雅な名前が付いている点であった。

『大原記』の特色

『大原記』は『山家記』と異なり、自分の住まいについては具体的に書いていない。したがって、厳密には住居記とは言えないが、晩年の西山での生活を描いた点で、東山の生活を描いた『山家記』と一対の作品として大きく捉えることができる。どちらも、住まいの文学と言えるだろう。なお、分量は『山家記』の約三分の二である。

『大原記』の内容は、近隣の勝景と、周囲の自然を描くことが中心となっている。勝持寺《しょうじじ》の西行桜のこと。長嘯子が詠んだ「山深く住める心は花ぞ知るやよいざ桜物《もの》語《がたり》せむ」という歌にちなんで、「やよいざ桜」と呼ばれるようになった桜の老樹のこ

勝持寺（京都市西京区）の西行桜。

と。この「やよいざ」は、呼びかけの言葉である。長嘯子が「驢《ろ》上岩《じょうがん》」と名付けた谷川の岩のこと。同じく、長嘯子が「玄賓《げんぴん》」と名付けた岩のこと。それらのことなどが、書かれている。西行や花園院の歌を挙げて、和歌のあるべき姿について論じた部分も含まれるが、その記述は簡略で、四季折々の周辺の自然と、そこを散策する老年期の自分の姿を描くことに力点がある。「杖に懸《か》かりて、立ち出《い》づる姿・有様《ありさま》、いといと興《きよう》有《あ》る男《をのこ》にも有《あ》るかな。行き疲れては、さながら草の筵《むしろ》に平《ひれ》臥《ふ》す」、「憐《あは》れむべし、八十路《やそぢ》遠からぬ老《お》いの寝覚《ねざ》めの、打《う》ちも微睡《まどろ》まれず」、「昔や夢、今や現《うつつ》。今や夢、昔や現《うつつ》。知らず」などとあり、最晩年の心身を見つめている。

『大原記』と『徒然草』『兼好法師集』

このような老境意識と深く関わっているのが、『大原記』の次の記述である。自らの墓所を定めたことを書くこの部分は、『徒然草』の表現や、兼好の和歌との関連が見られることが、特に注目される。

昔、誰《たれ》住みし跡《あと》のはかなさぞ。松立てる塚屋《つかやあ》有り。「死なば、我《わ》が骸《から》を此処《ここ》に納《をさ》めよ」と言ふ。行末《ゆくすゑ》の形見《かたみ》にも偲《しの》ばるるやと、花の木を植《う》ゑつ。木立《こだち》、物古《ものふ》り、大《おほ》きやかにて、雪重気《ゆきおもげ》に、咲きたらむ面影《おもかげ》、見ざらむ世まで、味気無《あぢきな》う、元《もと》の主《あるじ》忘《わす》るなと、契《ちぎ》り置《お》く独《ひと》り言《ごと》も、物狂《ものぐる》ほし。

今引用した箇所で、「木立《こだち》、物古《ものふ》り、大《おほ》きやかにて」という表現は、それほど珍しいものではなく、『源氏物語』などでも既視感がある。けれども、『徒然草』第十段や第四十三段に、「木立《こだち》、物古《ものふ》りて」とあり、第百三十九段にも、「橘《たちばな》・桂《かつら》、いづれも、木は物古《ものふ》り、大《おほ》きなる、良《よ》し」とあるのが、思い合わせられる。また、生前に自分の墓所を定め、しかもそこに桜の木を植えたのは、『兼好法師集』の次の歌と、ほとんど同じ発想である。

双《ならび》の丘《をか》に、無常所《むじやうしよ》設《まう》けて、傍《かたは》らに、桜植《う》ゑさすとて

契《ちぎ》り置《お》く花と双《なら》びの丘《をか》の辺《へ》に哀《あは》れ幾《いく》代《よ》の春を過ぐさむ

これは、偶然の一致であろうか。しかし、『大原記』に「契り置く独り言も」とあるのが、兼好の歌の初句「契り置く」と一致し、さらには「物狂ほし」という表現が、『徒然草』序段末尾の「あやしうこそ物狂ほしけれ」と一致していることに着目するならば、このあたりを書き進める長嘯子の念頭には、『徒然草』と兼好の歌があったのではないかと強く推測される。

『大原記』と『方丈記』

『大原記』において、『方丈記』との関連は明白である。作品の末尾近くに、「鴨長明が外山《とやま》には似たれども、柴《しば》折《を》り焼《く》ぶる縁《よすが》は、少し富《と》めり、とや言はむ」とあるか

仁和寺から双ケ岡を望む。

らである。鴨長明の名前まで出しているのは、『山家記』にも見られなかったことである。表現の上でも、「茅花《つばな》を抜き、菫《すみれ》を摘む。峰に攀《よ》ぢ登《のぼ》りて、蕨《わらび》を漁《あさ》り」とあるのは、広本『方丈記』に、「茅花を抜き、岩梨を取り、零余子《ぬかご》を盛り、芹を摘む」、「若《も》し、麗《うら》らかなれば、峰に攀《よ》ぢ登《のぼ》りて、遙《はる》かに、故郷《ふるさと》の空を望み」とある部分と関連していよう。

さらに『方丈記』との関連で重要なのは、『大原記』の書き方、それ自体である。すなわち、周辺の景勝と散策を書いていることが、『方丈記』における周辺の山野や歌枕散策の部分を独立させた書き方になっている点である。『方丈記』は短編作品であるが、そこに書かれた内容は、「五大災厄」の災害描写・

世間の価値観への批判・住居歴・庵の構造と内部描写・草庵暮らしにおける近隣の散策・自己検証など、実にさまざまであった。『方丈記』が内包していた多様な記述内容の中から、周辺散策に焦点を据えた作品として、『大原記』は位置づけられよう。

そのような観点に立って、『大原記』のような作品を「散策記」と名付けるならば、日本文学における住まいの系譜の中に、新しい作品の領域を見出したことになるだろう。自分の住まいの周辺を散策して名勝を訪ねたことや、身近な自然の感興を書いたりする「散策記」については、今後も、折りに触れて取り上げたい。

吉川惟足の閑居記

吉川惟足《よしかわこれたる》は、元和二年（一六一六）に生まれ、元禄七年（一六九四）に七十九歳で没した神道家である。祖先の地は、近江国野洲《やす》郡吉川村である。なお、後述する北村季吟も野洲の出身であり、惟足の没年は、これも後述する松尾芭蕉の没年と同年である。父は江戸で客死し、惟足は若くして商家の養子となるが、三十六歳で鎌倉に隠棲した。後に京都で吉田神道の継承者となるが、その後は江戸に住み、幕府の神道方《しんとうかた》に召された。惟足の神道は、歌道・吉田神道・儒教などを摂取したもので、後には山崎闇斎《あんさい》の垂加神道《すいかしんとう》に影響を与えた。芭蕉の『おくのほそ道』に同行した曾良《そら》は、吉川神道に入門して和歌や神道を学んでいる。曾良は、俳人であると同時に神道家でもあった。

『鎌倉閑居記』

吉川惟足には、『鎌倉閑居記』という短編の和文がある。鎌倉五山の一つ、浄智寺《じょうちじ》の麓での隠棲生活を書き綴った作品である。なお、この生活は独り暮らしではなかった。「親族《うからやから》、三人《みたり》、四人《よたり》が限り、打ち集《つど》ひ」、「妹《いも》が手作り」などとあるので、家族と共に生活していることがわかる。『鎌倉閑居記』の記述をたどりながら、この作品が住まいの文学誌の中で、どのような位置を占めるかを考えてみよう。

冒頭は、「業《わざ》に嫉《そね》みを儲《まう》け、言葉に誘《そし》りを招く。成《な》す事無《ことな》く、言ふこと無《な》きには如《し》かじ。然《しか》はあれど、思ふ事《こと》、必ず言はずしもあらじ」と書き出され、いかにも序文らしい謙辞になっている。惟足の念頭には、『徒然草』第十九段の、「言ひ続くれば、皆、『源氏物語《げんじのものがたり》』・『枕草子《まくらのさうし》』などに言古《ことふ》りにたれど、同じ事、また今更《いまさら》に言はじとにもあらず。思《おぼ》しき事言はぬは、腹膨《ふく》るる業《わざ》なれば、筆に任《まか》せつつ、あぢきなき遊《すさ》びにて、かつ、破《や》り捨つべき物なれば、人の見るべきにもあらず」という部分があったのではないか。

この冒頭部に続けて、自分の住まいは、金峰山《きんぽうざん》浄智寺の麓にあり、前は甘露井《かんろい》、後ろは松岡山（東慶寺）である、と場所を紹介する。次に、室内の調度品を具体的に挙げ、住まいの周囲、さらには四季折々の近隣の自然を描く。このような記述は、『方丈記』の書き方を踏襲しており、『方丈記』の影響力の大きさを感じさせる。ただし、所持品の文房具が、神道の師であった吉田兼従《かねより》の遺愛の硯であり、木下長嘯子の遺愛の水滴であることを書いている点が注目される。今まで本書で取り上げてきた他の作品には、このような所持品の由来自体を書くことは、見られなかった。なお、所持している書籍のことに触れて、「この国の能書《のうしょ》の書ける、あるに任《まか》せつ、手習《てなら》ふとは無《な》けれど、文字の姿の心々《こころごころ》の昔の人を、友とするも、こよなし」とある部分は、『徒然草』第十三段の「見ぬ世の人を友とするぞ、こよなう慰む業《わざ》なる」と類似している。

『鎌倉閑居記』では、家の周りに茶園・畑・薬草園のあることが書かれていて、流布本系『方丈記』や、『徒然草』第二百二十四段を思い起こさせる。また、吉川惟足が花を愛好し、花が咲く草木を四季を通じて植えていたことは、肖柏の草庵記を思わせる。このように、『鎌倉閑居記』は、本書で取り上げてきた和文の住居記を総合している。かつ、家族たちとの生活や文房具の由来を書いた点に新しさも見られた。『鎌倉閑居記』の末尾部分には、「惟《これ》を足《た》らずとすれば、百《もも》の宝も足らず。惟《これ》を足れりとすれば、一つの瓢《ひさご》にも足れりと言へり」とあり、「惟足」という自分の名前を巧みに織り込み、『論語』や、『蒙求《もうぎゅう》』の「顔回箪瓢《がんかいたんぴょう》」も念頭に置きながら、清貧の生活への満足感が書かれている。したがって、作品全体の主旨としては、現在の生活への満足感の表明であり、気に入った書籍や文房具や豊かな自然に囲まれて、家族と共に暮らす風雅な生活を描く閑居記として、位置づけられよう。

北村季吟の住居記

北村季吟は、寛永元年（一六二四）に近江国の野洲郡北村に生まれた。祖父の宗龍《そうりゅう》と、父の宗円《そうえん》は共に医者であったが、連歌も嗜《たしな》んだ。季吟は、十代の頃に俳諧の安原貞室《やすはらていしつ》に入門し、二十代の初め頃には松永貞徳《ていとく》に入門して俳諧と古典学を学んだ。二十五歳で俳諧の季題をまとめた『山《やま》の井《い》』を刊行し、三十三歳頃、俳諧宗匠として独立した。季吟の俳諧伝書『埋木《うもれぎ》』には、季吟が本書を松尾宗房《むねふさ》（芭蕉）に俳諧伝授したことが記されており、芭蕉は北村季吟の弟子であったと考えられている。

季吟は俳諧だけでなく和歌も学び、『土佐日記抄』・『徒然草文段抄《もんだんしょう》』・『源氏物語湖《こ》月抄《げっしょう》』・『枕草子春曙抄《しゅんしょしょう》』など、数々の古典の注釈書を刊行し、啓蒙に努めた。日記や紀行文などの散文作品も、書き残している。六十歳で京都の新玉津島《にいたまつしま》神社の社司となった。さらに六十六歳の時、幕府に招聘されて歌学方《かがくかた》となり、江戸に移り住み、宝永二年（一七〇五）、八十二歳で没した。

『方丈記』への関心

北村季吟は、古典に関する膨大な注釈書を刊行し、『徒然草』の注釈書はあるけれども、なぜか『方丈記』の注釈書は著さなかった。ただし、季吟の書いた作品には、『方丈記』に言及する記述が見られる。たとえば、『伊勢紀行《いせきこう》』の四月二日のくだりに、次のような一節がある。この作品は、貞享四年（一六八七）四月から六月の旅日記である。

二日　定道《さだみち》、経営《けいめい》して小庵を設《しつら》ひて、「ここにあらむ程《ほど》、心安くを」とて、新しき畳《たたみ》、敷き、簀子《すのこ》に円座《わらふだ》を置き、風炉釜《ふろがま》・茶器など、いと仮初《かりそめ》ながら目安《めやす》く、美《うるは》し。「行《ゆ》き止《と》まるをぞ」と思ひ成《な》すに、蓮胤法師《れんいんほふし》の方丈の心地《ここち》して、いと、をかし。

伊勢を訪れた時、荒木定道が、季吟の宿所として庵を提供してくれたこと、しかも畳替えをしたり、縁側には敷物を置き、茶道具も揃えてくれたので、体裁よく整って快適になったと述べている。「行《ゆ》き止《と》まるをぞ」は、『源氏物語』夕顔巻などに引用されている「世の中は何《いづ》れか指《さ》して我《わ》がならむ行《ゆ》き止《と》まるをぞ宿と定むる」を踏まえる。そのうえで、「蓮胤法師《れんいんほふし》の方丈の心地《ここち》して」と書いているところから察するに、おそらく北村季吟は、『方丈記』を「自足した生活を描いた閑居記」として捉えていたのだと思われる。このような「閑居志向」の反映が、季吟最晩年の風雅な閑居記『疏儀荘記《そぎそうき》』である。

風雅な住まい

風雅な住まいといえば、『源氏物語』の六条院に代表されるような、美しい四季折々の樹木・草花に囲まれた住まいが思い浮かぶし、これほど大規模で豪奢な住まいではなくとも、本書でこれまでたどってきたように、中世の頓阿《とんあ》や肖柏の造園趣味に彩られた住まいもあった。先ほど触れた『鎌倉閑居記』もやはり、花への愛好が強かった。

北村季吟の場合も、最晩年の江戸幕府への出仕に際して神田小川町に屋敷を拝領したが、小石川関口に、別荘として「疏儀荘」を構え、そこには自分の好きな草花を植えて、自らの好尚に合った住まいを作り上げた。『疏儀荘記』の記述を紹介しよう。

この作品は、前半と後半の二つに分けて考えることができる。前半は、京都から江戸に召されたことを光栄に思うこと、法印《ほういん》の位に叙され、『古今和歌集』の真名序《まなじょ》に因んで、「再昌院《さいしょういん》」の号を名告《なの》ったことを書き、それに続けて、自邸の書斎の書籍や調度について、その由来や伝来を記す。たとえば、「院内に書棚を設けて、棚の上には古今集」と書いて、その本の由来を、この『古今和歌集』は、二条家の貞応本《じょうおうぼん》と呼ばれる、権威ある『古今和歌集』を、公卿の桑原長義《くわばらながよし》が筆写した本であるが、これを自分の門人の三井氏が所持していた東常縁《とうのつねより》の自筆本『古今和歌集』と比較して、季吟自身が校合《きょうごう》したものである、というように、かなり詳しく、その由来を書いている。この本の他にも、さまざまな由緒正しい貴重な古典を所持していたことが、誇らしげに書かれている。

さらに続けて、二回にわたって行われた自分の八十歳の賀のお祝い品の数々、たとえば、狩野探雪《かのうたんせつ》が描いた屏風、宝船や鶴亀などの縁起物、貴顕の筆になる『新勅撰和歌集』、あるいは桜鯛や果物や香などのお祝い品などが家中に満ちたことを、老いの幸せとして書き連ねる。一般に文学作品では、老境の寂しさや孤独感、疎外感を描くことが多いので、このように、功成り名遂げた老境の幸福を書くのは、珍しい。

さて、後半には、「疎儀荘」と名付けた別荘のありさまを描く。ここには以前の所有者が作っていた茶室があり、そこで親しい友人たちと、儀式張らずに茶や和歌や香を楽しんでいること、母屋の傍らの持仏堂《じぶつどう》で座禅することもあること、築山《つきやま》の後ろには馬場や弓場《ゆば》があること、馬場の向こうの園にはさまざまな鳥が囀り、樹木・草花を植えていること、近隣を散策して雑司《ぞうし》ヶ谷《がや》や護国寺などを訪れることなどが書かれている。このような風雅な心楽しき生活を、「花も見つ時鳥《ほととぎす》をも待ち出《い》でつこの世後《のち》の世思ふ事無《ことな》き」と詠んでいる。末尾は、散策から帰宅し、夜になって桐火桶《きりひおけ》の余薫の中で、宝永二年（一七〇五）五月初旬にこれを記す、と書いて締めくくっている。

執筆年月を明記していることや、自分の住まいのありさまと、そこでの日々の暮らし、近郊への散策などを書いている点で、この『疎儀荘記』は明らかに『方丈記』の系譜上にある。しかし、『方丈記』の重要な構成要素であった、社会批判や自分の人生を厳しく検証する視点は、ここには見られない。『疎儀荘記』は「風雅な閑居記」

が描き得る最高の満足感を書いたとさえ言える作品であるが、『方丈記』が有していた陰翳に富んだ文学性と比較すれば、物足りない面も否定できない。とは言え、この作品が切り開いた新しい側面がないわけではない。「閑居生活における交友の楽しみ」にも力点を置いている点が、『疏儀荘記』の新生面であろう。

木下長嘯子の『山家記』にも、既に「半日」という応接場所のことが簡単に書かれていた。かつて『方丈記』や『徒然草』などでは、独り静かに過ごすことにこそ閑居の楽しみがあるとされていた。そのような孤独な閑居生活ではなく、友人たちとの交友が決して閑居生活を妨げないばかりか、むしろ大切な要素となっていることが書かれていることに、『疏儀荘記』の特徴を認めてよいと思う。

人生論としての住居記――松尾芭蕉

本章で取り上げてきた、木下長嘯子・吉川惟足・北村季吟の住居記は、少なくとも作品の表面に現れている限り、現状への満足感に立脚した閑居記であり、風雅で趣味的な生活を描いている点で共通していた。それでは、『方丈記』のような批判精神を持ち、自己の存在を深く見つめる住居記は、もはや書かれなくなってしまったのだろうか。あるいは、もっと博捜するならば、『方丈記』の精神を継承する住居記も、数多く書かれていたのだろうか。

そこで、本章の最後に、『方丈記』の批判精神を受け継ぐ作品として、芭蕉の『幻住庵記《げんじゅうあんのき》』を位置づけたい。

『幻住庵記』の構成と『方丈記』

『幻住庵記』は、芭蕉の俳文の中でも、質量共に最高傑作と言われる。何度も推敲を重ね、門人の去来《きょらい》に宛てた書簡では、去来にも推敲の助言を求めているほどである。ここでは、『猿蓑《さるみの》』に収められた定稿によって構成をたどり、『方丈記』との関連性や相違点を考察する。

まず冒頭部では、幻住庵の場所を紹介する。近江の国の国分山《こくぶやま》の八幡宮の傍らに、門人である曲水《きょくすい》の伯父《おじ》が、かつて住んでいた草庵があり、『おくのほそ道』の行脚《あんぎゃ》を終えて、この草庵に、しばし逗留《とうりゅう》することになった経緯を述べる。

次に、草庵の周囲の自然環境や景勝を、四季折々の景物と共に記す。それに引き続き、草庵での日常生活を書くが、まず谷の清水で自炊していることを述べてから、草庵内部の描写に入る。仏間と障子を隔てて、夜具を収納する場所を設《しつら》え、所持品としては、木曾の檜笠《ひのきがさ》・越《こし》の菅蓑《すがみの》だけの簡素な住まいであるが、ここに近隣の人々が訪ねてきて、農事に関する雑談をすることなども書かれており、ひなびた長閑《のどか》な暮らしである。

もし、この俳文が、ここで終わっていれば、自然の中での満足感に満ちた閑居のありさまを描く典型的な閑居記になっていたであろう。けれども、最後の部分で、一転して自分の来《こ》し方《かた》を振り返り、人生に深く思いを致している点において、『方丈記』と同様の思索的な作品となっている。その部分を、引用しよう。

かく言へばとて、ひたぶるに閑寂《かんじやく》を好み、山野に跡《あと》を隠さむとにはあらず。やや、病身《びやうしん》、人に倦《う》んで、世を厭《いと》ひし人に似たり。倩《つらつら》、年月の移り来《こ》し拙《つたな》き身《み》の科《とが》を思ふに、ある時は、仕官懸命《しくわんけんめい》の地を羨《うらや》み、一度《ひとたび》は、仏籬祖室《ぶつりそしつ》の扉《とぼそ》に入《い》らむとせしも、辿《たど》り無《な》き風雲《ふううん》に身を責《せ》め、花鳥《くわてう》に情《じやう》を労《らう》して、暫《しばら》く、生涯の謀《はかりごと》とさへ成《な》れば、終《つひ》に無能無才《むのうむさい》にして、この一筋《ひとすぢ》に繋《つな》がる。

『幻住庵記』は、閑居生活を通して、自分の生き方を鋭く自問自答する『方丈記』の世界の後継者となったのである。

なお、本章で取り上げた作品で、一般的な古典文学全集類に収録されていない作品は、次の本に依った。『鎌倉閑居記』と『疏儀荘記』は『三十輻《みそのや》』(第二巻、大東出版社)、『伊勢紀行』は『北村季吟著作集』第二集(北村季吟大人遺著刊行会)。

◉第六章

閑居記のユーモア　横井也有と大田南畝

横井也有と大田南畝の住居観

これまで、住まいの文学には、「人生論的な住居記」と「風雅な住居記」の二つの方向性が見られることを述べてきた。本章では、横井《よこい》也有《やゆう》と大田《おおた》南畝《なんぽ》の住居記を中心として取り上げたい。横井也有の俳文集『鶉衣《うずらごろも》』は、也有の没後、その文業に深く共感した大田南畝によって刊行されたものである。

この二人の住居記に共通する特徴は、自分の住まいに対する満足感を書いた短編作品ということになるが、個別に見てゆくと、それぞれに微妙な違いもある。也有には、生涯の各時期で、自分の住まいのことを書いた複数の住居記があり、一人の文学者の住居記の変遷をたどることができる。南畝は、和文の住居記では自分の住まいに対する満足感を書いているが、それを相対化するような自照的な漢詩もある。南畝の場合、和文と漢詩の両方を視野に収めて、彼の住居観や人生観を把握する必要がある。

「閑居記」の成立とその特徴

近世中期以降に書かれた住居記の全般的な傾向としては、世俗的なものから一歩離れ、精神的な自由と余裕を持って暮らすことを望み、またそのような生活を実現している現在の自分の生き方を述べるものが多い。これらの作品に対しては、「住居記」という総称よりも、もっと内容に即して「閑居記」と命名した方がよりふさしいと思われる。それらの作品に表れている文学的な雰囲気は、まさに「閑居の楽しみ」とも言うべきものだからである。このような「閑居記」の萌芽は、既に肖柏の『夢庵記』や、木下長嘯子の『山家記』などにも見られた。吉川惟足の『鎌倉閑居記』は、その名もまさに「閑居記」である。

閑居記という名称自体も、これまで何度か本書の中で使ってきたが、住まいに関する文学作品が閑居の楽しみを描くことに力点を置くようになるのが近世中期以降の顕著な傾向となっているため、本章では改めて「閑居記」という名称を前面に出して、考察を進めたい。

近世中期以後の閑居記の特徴は、今述べたように、第一に現在の暮らしへの満足感を中心に書いていることである。このような閑居記は、作品の長さとしては長大になることなく、簡潔な短編であることが多い。その文学スタイルは、『方丈記』に書かれている方丈の庵と、そこでの暮らしの部分だけを残して、前半部に書かれていた人生体験や、末尾の自己反省の部分を削《そ》ぎ落としたものと把握できる。

この時代の閑居記の第二の特徴は、友人たちとの語らいの楽しみが書かれている点にある。このようなことは中世の住居記にはあまり書かれなかったことであり、たとえば「徒然《つれづれ》侘《わ》ぶる人は、いかなる心ならむ。紛《まぎ》るる方《かた》無《な》く、ただ一人有《あ》るのみこそ良《よ》けれ」と始まる『徒然草』第七十五段では、他人との交流が忌避され、「ただ一人有《あ》る」、静かな落ち着いた状態を良しとしていた。

ところが、近世中期以降の閑居記は、孤独に価値を置くよりも、自分の満足のゆく住まいで、友人たちと楽しい語らいをしたり、互いに訪ね合ったりすることに喜びを見出している。つまり、『方丈記』や『徒然草』においては、仏道と結びついた精神性・宗教性の高い境地であった閑居が、近世ではもっと日常的な平凡な暮らし方の中に楽しみを見出す傾向が強まり、その楽しさを閑居記として書くようになるのである。もちろん、このことは全般的な傾向であって、すべての閑居記がそうであるわけではない。なお、前章でも述べたように、友人たちとの交友を楽しむ閑居記の萌芽は、既に北村季吟の『疏儀荘記《そぎそうき》』にも見られた。

横井也有の略歴と『鶉衣』の閑居記

横井也有は、尾張藩の名門武家出身の俳人で、也有の祖父は北村季吟とも親交があったという。也有は五十三歳で隠棲し、知雨亭《ちうてい》に暮らした。彼は多芸多才であったが、とりわけ彼の俳文を集めた『鶉衣《うずらごろも》』は名高い。版本の『鶉衣』は、彼の没後、大田南畝がまとめて出版したものであり、その序文は南畝が書いている。

『鶉衣』の中から、自分の住まいについて書いた作品を、時代順に取り上げよう。それによって、也有が住まいについて、どのように意識を変化させたかをたどることができる。本書ではこれまでに、多数の住居記を取り上げてきたが、ある特定の人物が書いた複数の住居記をたどることによって住居観・人生観の変遷を浮かび上がらせるのは、新しい試みである。この点に、横井也有の作品を取り上げる意義があると考える。さらに也有の住居記にはユーモアが漂い、この点も今までの住居記にあまり見られなかった閑居の楽しみである。

以下、『鶉衣』の本文は主として『完本うづら衣新講』（岩田九郎、大修館書店）を参照したが、表記や句読点はわかりやすく改めた。

『蓼花巷記』にみる隠遁志向

『蓼花巷記《りようかこうき》』は仕官時代のまだ若い頃の作品であるが、ここには隠遁生活への強い志向が表れている。その全文を、以下に示そう。

一本《ひともと》の芭蕉、五株《いつかぶ》の柳の、その人の徳に照らされて枯れぬ名を留《とど》めしもあるに、不仕合《ふしあは》せなる榎木《えのき》は、ある僧正《そうじやう》の号に呼《な》ばれて、終《つひ》に、斧《をの》の怒りを蒙《かうぶ》り、猶《なほ》、切杭《きりくひ》、堀池《ほりけ》の名をさへ流しけむ。我《われ》、剣冠《けんくわん》の仕途《しと》に身を置きながら、一つの隠家《かくれが》有《あ》り。これを、蓼花巷《れうくわかう》と名付《なづ》く。蓼花に、難《むつか》しき心は無《な》けれど、夕日・朝露の気色《けしき》、心行《こころゆ》くばかり、その一本《ひともと》の縁《ゆかり》、無《な》きにもあらず。「松茸侯《まつたけざふ》の声《こゑ》聞《き》けば」と、俊成卿《きやう》の庭面《にはもせ》も懐《なつ》かしく、世に侘《わ》びたる様《さま》の、をかし気《げ》なれば、自《みづか》ら、これが名《な》とせり。そも、この幽栖《いうせい》、無何有《むかう》の郷《さと》に隣《とな》りて、山に向かひ、海に沿《そ》ひ、川有《あ》り、野有《あ》り。月・雪・花・鳥は、四つの時の詠《えい》を供《きよう》し、時分《ときわ》かぬ松の夕風、竹の夜雨の音までも、聞くに厭《いと》はず、見るに乏《とぼ》しきもの有《あ》らず。城市《じやうし》を出《い》でて遠からねど、人、唯《ただ》、杖・草鞋《わらぢ》をもて訪《と》はむとせば、たとへ方士《はうし》が肉刺《まめ》は踏み出《い》だすとも、三輪《みわ》の山本杉《やまもとすぎ》立てる門《かど》に迷ひて、伏屋《ふせや》の帚木《ははきぎ》の昼狐《ひるぎつね》に化《ば》かされ、宇津《うつ》の山辺《やまべ》の道、訪《と》ふべき人にも会《あ》はで、再び桃源《たうげん》に棹刺《さをさ》す如《ごと》くならむ。唯《ただ》、梅の色も香も知りて、思ふ事《こと》、言ふべき人ならば、今も壺入《つぼいり》に訪《たづ》ね当たらむ茅門《ばうもん》とは知るべしとなり。

物好《ものず》きの虫は来て鳴け蓼《たで》の花

『源氏物語』の帚木巻、『伊勢物語』の東下り（宇津の山）、『長恨歌』（方士）、『桃花源《とうかげん》記《き》』、さらには数々の古歌を引用しながら書かれている。

この俳文の冒頭には、住まいに因む植物を名前とした人物を、三人挙げている。自分の住まいを「蓼花巷」と名づけているので、その先蹤のような意味合いで彼らのことを紹介したのであろう。芭蕉を植えたことに因んだ松尾芭蕉、家の傍らの五本の柳を愛した五柳《ごりゆう》先生こと陶淵明《とうえんめい》、榎木に因んで榎木の僧正とあだ名された『徒然草』

第四十五段の良覚僧正《りようがくそうじよう》。

芭蕉と陶淵明の場合は、住まいに因む植物のゆかりとしてだけでなく、敬愛する文学者として挙げたのだろうが、榎木の僧正のことまで挙げている点にユーモアが漂う。けれども、ここで也有が『徒然草』を引用した理由は、おそらく、住まいに因む植物のあだ名を付けられた話を面白いと思ったからだけではないだろう。

「蓼花巷」が、市中から遠からぬ場所にありながら、人目には付かず、たとえ訪ねてきたとしても、共に語るべき友ではないような俗人の目には触れない住まいであると、自ら述べている点に注目しよう。也有の胸中には、『徒然草』第十二段で、「同じ心ならむ人と、しめやかに物語して、をかしき事も、世の儚《はかな》き事も、心無《うらな》く言ひ慰まむこそ嬉《うれ》しかるべきに、然《さ》る人有《あ》るまじければ」と兼好が書いていることとも通じるような、あるいはまた、先ほど引用した箇所ではあるが『徒然草』第七十五段の「徒然《つれづれ》侘《わ》ぶる人は、いかなる心ならむ。紛《まぎ》るる方《かた》無《な》く、ただ一人有《あ》るのみこそ良《よ》けれ」とも通じるような、孤独な隠遁志向があったのではないだろうか。

俳文の表現自体には、『徒然草』第四十五段の榎木の僧正を引用して軽妙に書いているが、この時期の也有の心境には、『徒然草』第十二段や第七十五段に書かれているような孤独感があり、公務の煩わしさからせめて一時的にでも離れて、「蓼花巷」にいる時だけは、「世に侘《わ》びたる様《さま》」である蓼の花を友として、侘び住まいをしたいという願望が表れているように思われる。

他人との交流を断って、「蓼花巷」での静かな侘び住まいを願う也有の気持ちは、その後どのように変化していったのだろうか。『蓼花巷記』以後の彼の閑居記を概観して、その変化をたどってみよう。

『武陽官邸記』にみる自足

『武陽官邸記《ぶようかんていき》』は、也有が二十九歳の時、御用人《ごようにん》として江戸詰《えどづめ》した麴町《こうじまち》の住まいのことを描いた作品である。冒頭部は、「百里の海山《うみやま》、限り無《な》く越え来《きた》る目には、『此処《ここ》に一年《ひととせ》の起《お》き臥《ふ》しは』と、顔に物の塞《ふた》がる様《やう》に覚えしが、今日《けふ》よ明日《あす》よと、住めば都の月も差し入《い》りて、寝心良《ねごころよ》き夢も結ぶばかりには成《な》りける。四畳ばかりの所に、手近き調度《てうど》ども片付《かたづ》けて、常の居所に定めつ」とある。狭苦しい江戸の住まいも「住めば都」だと、新しい環境に適応するさまが書かれている。「百里の海山」は、『長恨《ちょうごん》歌《か》』の方士《ほうし》の旅を踏まえる。

元からあった石蕗《つわぶき》や躑躅《つつじ》を植え替えて、朝夕に水を遣《や》り、軒端に風鈴を懸け、壁の破れに色紙を貼《は》り、障子の足りない所には簾《すだれ》を懸け、簾を巻き上げて月を眺めては、「かの行平《ゆきひら》の須磨《すま》の住まひも斯《か》くや」と、王朝時代を思いやる風流生活である。富士山の姿が隈無《くまな》く見えることにも触れて、江戸住まいらしさを書いている。

このように『武陽官邸記』の前半部には、部屋や庭を整備して快適に暮らしやすくしてゆくさまが描かれる。後半部になると、長屋での日常が書かれる。この住まいのあたりは、「常に華やかなる往来《ゆきき》は稀《まれ》」な静かな場所で、隣の部屋の物音もよく聞こえる。日数が経《た》つにつれて、従者たちは庭に唐辛子や鉈豆《なたまめ》や蓼を育て、出入りの商人たちが餅や酒をこっそり運んで売り、物売りが煮豆や和《あ》え物《もの》を朝夕の食事時に売りに来る。江戸詰の日常生活が、ほのかなユーモアと共に、一種、写実的とも言える筆致で描かれ、「却々《なかなか》、をかしき住まひの様《さま》なりける」と、心に余裕が生まれている。「足《た》るも足らぬも、住む人の心にして、我《われ》は故郷《ふるさと》の外《ほか》とも思はず」という自足の気持ちを述べて終わる。ここには、『蓼花巷記』に漂っていたような孤独な隠遁志向は影を潜め、江戸の夏の季節感に満ちた新生活に、全身を投入するような若き也有の清新な感覚が生き生きと描かれている。

『知雨亭記』にみる理想の閑居の実現

『知雨亭記《ちうていき》』は、横井也有が五十三歳で、前津《まえづ》（現在の名古屋市中区前津）に隠栖した時の作品である。草庵の位置は市中から遠くもなく近くもないと書き、「彼《か》の山雀《やまがら》の、身の程《ほど》隠して、四壁、唯《ただ》、風を防ぎ、三徑《さんけい》、纔《わづ》かに草を払《はら》ふ」と、あまり手入れもしていない簡素で無造作な住まいであると述べる。「三径」は、陶淵明の『帰去来の辞』に見える言葉で、門へ行く道、井へ行く道、厠へ行く道のみしかない隠者の住まいを意味している。『源氏物語』蓬生《よもぎう》巻にも引用されている。

「横井也有翁隠棲之址」（名古屋市中区前津）

ついで草庵の周囲の様子を、「辺《あた》りは、夕顔《ゆふがほ》の小家《こいへ》がちなれば」と、『源氏物語』夕顔巻を引用し、近郊の自然を夏から新年への季節の推移と共に書く。その中で、垣根の梅が咲くのは遅くないけれども、万歳《まんざい》などがやって来るのは少し遅れる、と書いている部分は、芭蕉の「山里は万歳遅し梅の花」という句を彷彿させる。

長栄寺(名古屋市北区)の「蘿塚(らづか)」は、「也有雅翁」とあり、也有を偲ぶ塚である。

なお、草庵の位置・たたずまい・周囲の自然と四季折々の情景を描くのは、『方丈記』によって確立された住居記の書き方の特徴で、ここでもそのようなスタイルが踏襲されている。『方丈記』の先蹤である白居易の『草堂記』や慶滋保胤の『池亭記』では、その住まいの規模が、『方丈記』よりも格段に大きいためと思われるが、四季の情景描写は、邸宅の敷地内部の描写で済まされている。すなわち、『池亭記』では住まいの近郊の自然環境に触れず、『草堂記』でもごく簡単に「秋は、虎谿《こけい》の月有《あ》り」など各季節をひと言で書いているだけである。

也有は、最後に、蘇東坡の「喜雨亭《きうてい》」や藤原定家の「時雨亭《しぐれてい》」と違って、自分は狸や狐のような者で、これらの動物が穴にいて雨を知ることから、草庵の名を「知雨亭」としたのである、と書いて締めくくっている。

以上が『知雨亭記』の内容の骨格であるが、冒頭近くの次の文章には、このような閑居生活こそ、藩政の重職にあった時から人知れず抱いてきた秘かな願望だったのである、としみじみと綴られている。

此処《ここ》に、少しの地を求めて、些《いささ》か膝を容《い》るるの幽居《いうきよ》を営む。よし、彼《か》の鬼は笑ひもすらむ。我《わ》が世《よ》のあらまし違《たが》ふまじくは、花と双《なら》びの丘《をか》ならずも、有《あ》りとだに知られでぞ老《お》いの春をも過《す》ごさばやと、人知れず思へるなりけり。

「我が世のあらまし違ふまじくは」の部分は、『徒然草』第百八十九段の「予《かね》てのあらまし、皆違《たが》ひゆくかと思ふに、自《おの》づから違《たが》はぬ事もあれば、いよいよ物は定め難《がた》し」に依っている。「花と双《なら》びの丘《をか》ならずも、有りとだに知られでぞ老《お》いの春をも過《す》ごさばや」の部分には、兼好の「契《ちぎ》り置《お》く花と双《なら》びの丘《をか》の辺《へ》に哀《あは》れ幾《いく》代《よ》の春を過ぐさむ」という和歌、および当時は兼好の歌と信じられていた「有《あ》りとだに人に知られで身の程《ほど》や三十日《みそか》に近き曙《あけぼの》の月」を踏まえている。

『徒然草』に書かれていた、この世の不定《ふじょう》と、兼好の和歌に詠まれていた、ひっそりとした生き方への共感が、也有の心情吐露を支えているのである。「契り置く」の歌が、木下長嘯子の『大原記』にも引用されていたことは前章でも触れたが、也有の閑居記にも引用されていることは、注目される。

『知雨亭後記』における交友と自照

『知雨亭後記《ちうていこうき》』は、今まで取り上げた也有の閑居記と異なり、児玉屋という薬商を営む傍らで「孤松軒《こしょうけん》」の額を掲げて閑居生活をする人物を紹介して、「彼は、却々《なかなか》、世路《せろ》に立ちて、人知れず閑《かん》を得《う》る」と、その生き方に深い共感を示している。そして、自分の閑居生活を心ない人々に妨げられるのは嫌であるが、「然《さ》れども、然《しか》、厭《いと》ふは塵客《ぢんかく》の事《こと》、孤松の主《あるじ》は、同調相応《どうてうあひおう》ずるの人」であるから、彼が自分の所にやって来るなら大いに歓迎しよう、と書いている。

『蓼花巷記』では、「再び桃源《たうげん》に棹《さを》刺《さ》す如くならむ」と書いて、川を遡っても二度と桃源郷を探し出せなかった中国の故事のように、自分の隠れ家を訪ね当てることができる人はいないだろう、もしいるとすれば、それは真の知己である、としていた。言外には、そのような人間はいないのだ、と述べていたのである。それと比べて、この『知雨亭後記』は、閑居生活における交友を書いている点に、大きな変化が見られる。つまり、『知雨亭後記』は、閑居生活における交友を肯定的に書いている点に、大きな特徴が見られるのである。

おそらく、このような閑居記の書き方のさらなる反映が、友人・知人たちの住まいのことを書く和文小品へと繋がってゆくのであろう。本書では、住居記や閑居記という言葉に、「自分の住居や自分の閑居生活を描く文学」という意味を持たせてきた。その新展開が、友人たちの世俗を離れた風雅な暮らしに共感し、互いに訪問し合い、その楽しさを綴る作品となる。孤独で求道的な生き方ではなく、日常の暮らしの中に満ち足りた精神生活を見出している。

なお、『知雨亭後記』は、交友に触れるだけでなく、自分の人生を振り返っている点も注目すべきであろう。「熟々《つらつら》、我が身の上《うへ》を思ふに、幸《さいは》ひに、上国世臣《じやうこくせいしん》の家に生まれて、不肖《ふせう》の身の、おほけなくも父祖の禄《ろく》を伝へ、剰《あま》つさへ、こちたき官に承乏《しようばふ》して、南郭《なんくわく》が竽《う》を吹きしも二十年余《はたとせあま》り、喩《たと》へば、狐狸《こり》の、人《ひと》らしく化《ば》けて、良《よ》く尾《を》を蔵《かく》したるが如《ごと》し」と述べている部分がある。

「南郭《なんくわく》が竽《う》を吹きしも」とあるのは、竽（笛）を吹けない者が、いかにも吹けるふりをして仕えていたという中国の故事を踏まえ、也有が隠居以前の生活をユーモラスに振り返っているのである。

ここには、芭蕉の『幻住庵記』を思わせるような自照が見え隠れする。尾張藩の名家に生まれた也有は、芭蕉と比べて格段に恵まれた境遇にあったろうが、そのような也有であればこそ、自分の置かれた立場への人知れぬ苦悩もあったろう。彼は、その苦悩をあからさまに書くことはしないが、本当の自分を隠して生きてきたことを仄めかすかのように、自分の人生を狐狸が化けたようなものだとユーモアにくるんで告白している。『知雨亭後記』は、也有の閑居記の一つの到達点を示している。

横井也有の複数の閑居記は、徐々にその書き方と内容を深化させながら、自分の住まいのみならず、友人たちの閑居生活を描くという広がりも見せてゆく。ここで取り上げなかったその名も『閑居記』という作品は、彼がまだ仕官時代に、曾祖母や母が住んだ部屋を官邸に移築して、今は亡き母たちを偲ぶ内容である。また、『望嶽楼記《ぼうがくろうき》』や『方十園記《ほうじゆうえんき》』などは、友人の閑居を描く。也有の閑居記の世界は、幅広く豊かである。

大田南畝の『山手閑居記』

大田南畝《おおたなんぽ》は、寛延二年（一七四九）に江戸の牛込中御徒町《なかおかち》に生まれ、文政六年（一八二三）に七十五歳で没した。彼は十七歳から御徒として幕府に仕え、七十歳を過ぎても勘定奉行所に出仕し、文学活動に携わる一方で、生涯を幕臣として過ごした。

南畝は五十六歳まで牛込に暮らし、その後、小石川金剛寺坂金杉《かなすぎ》に転居し、さらに六十四歳で駿河台淡路坂に転居した。それぞれの時期に、自分の住まいのことを書いた作品がある。ここでは、まず、牛込の住まいを書いた『山手閑居記《やまのてかんきよき》』を取り上げ、書き方の特徴と、住まいに対する南畝の感慨を読んでみたい。

「『我《わ》が庵《いほ》は松原遠《とほ》く海近く』と詠《よ》みけむ武蔵野の、広小路《ひろこうぢ》に結べる柴《しば》の、果《は》てにもあらず、ちはやぶる神田・浅草の賑《にぎ》やかならぬも、よしやあしびきの山手《やまのて》になむ、住めりける」という書き出しである。最初に、自分の住まいの場所を紹介する。冒頭の和歌は太田道灌《おおたどうかん》の「我が庵は松原続き海近く富士の高嶺《たかね》を軒端《のきば》にぞ見る」による。それに続く表現も、「柴」の庵と地名の「芝」の懸詞や、「よしやあし（良しや悪し）」と「あしびきの」の懸詞があったり、神田の「神」に因んで、「ちはやぶる」という枕詞を用いたりしており、和歌的な技法が顕著でありながら軽妙である。

次に、江戸川の螢など、周辺の四季の情景を描く。この部分に、「四季折々の美景を言はば」とある表現は、流布本『方丈記』の「生涯の望みは、折々の美景に残れり」に依っていると考えられる。ついで、荒れ果てた古寺や年老いた門番がいる下屋敷などを描いて、周辺の住環境を、「唯《ただ》、何となく鄙《ひな》びたり」と書いている。

最後に、このような場所に位置する住まいであるが、「吏《り》にして吏ならず、隠《いん》にして隠ならず、朝野《てうや》の間に逃れむとならば、何処《いづこ》か、この山手《やまのて》に如《し》かざらめやは」と書き、このような住環境が、自分のような「半吏半隠」の生き方には理想的であるという満足感を表明している。その後に、「窓のうちに富士のねながら眺《なが》むればただ山手《やまのて》に取るとこそ見れ」という狂歌を添えている。「富士の嶺《ね》」と「寝《ね》ながら」の懸詞、「山手」と「手に取る」の懸詞を使い、さらにこの閑居記冒頭の太田道灌の和歌とも響き合わせて、富士山が間近に見える江戸に住まう幸せ、そして鄙びてはいるが「市中の隠」とも言うべき山手の住まいに自足する歌である。

『山手閑居記』は、自分の住まいの場所の紹介、周辺の四季の情景と住環境の描写、「折々の美景」という表現の使用などによって、明らかに『方丈記』の影響を窺わせる作品であるが、『方丈記』で描かれていた住まいの内部描写は見られない。

『巴人亭記』にみる交友の場としての住まい

大田南畝は、三十八歳の時、牛込の住まいを増築して「巴人亭」と名付けた。この住まいについて書いた閑居記が、『巴人亭記《はじんていき》』である。「蝸牛《かたつぶり》の、角《つの》を縮《ちぢ》めて入り、蟹《かに》の、甲に似せて穴を掘るも、家と言ふ物の、無《な》くて敵《かな》はねばにやあらむ」と、まず、住居の不可欠性に触れる。とは言え、あまり窮屈であるよりも、少しでも「足を伸《の》ばすほど」の家居が望ましいので、十畳の客間と三畳の書斎を増築したことを述べ、『山手閑居記』には書かれていなかった室内の様子や、友人たちとの交友も書いている。

その部分の原文を引用しよう。

元《もと》より、二尊《にそん》、堂に在《いま》し、妻子、室に満てり。その縁側の端《はし》つ方《かた》に、一つの妻《つま》戸《ど》を開きて入れば、広さ纔《わづ》かに十畳ばかり。此処《ここ》に、四方《よも》の客人《まらうど》を迎ふ。維摩《ゆいま》が方丈の玄関にて、八万四千の獅子を舞はせし類《たぐひ》なるべし。その北に、三枚敷あり。東面《ひがしおもて》に戸を開けて、洒落臭《しやらくさ》き机を出《い》だせり。「螢こいこい、雪こんこん」の場所なるべし。すべて、財乏《とも》しければ物好《ものず》き無《な》し。床無《とこな》ければ、違棚《ちがひだな》も見えず。掛物《かけもの》は壁にかけ、柳は隣から覗く。（中略）我が家に来《く》るとし来る人、我が門《かど》に入《い》るとし入る人、此処《ここ》に飲み、此処《ここ》に笑ひ、此処《ここ》に歌ひ、此処《ここ》に楽しむ。

「二尊」は父母のこと。維摩居士《ゆいまこじ》は、狭い部屋の中に多くの獅子座を収納したという。「螢こいこい、雪こんこん」は、螢雪の功の故事を踏まえ、勉学する場所の意味である。友人たちとの交際空間としての十畳の客間と、自分のための勉学空間たる書斎を確保した南畝の喜びが伝わってくるような弾《はず》んだ文章である。この時の南畝一家は、両親と自分たち夫婦と二人の子どもの六人家族であるから、「妻子、室に満てり」という表現にはいささかの誇張があろうが、ユーモラスで、つつがない暮らしに幸せを感じている南畝の人間性の発露を見る思いがする。

かつて鴨長明は『方丈記』の中で、「元より、妻子無《な》ければ、捨て難《がた》き縁《よすが》も無《な》し」と書き、兼好は『徒然草』第七十二段で、「賤《いや》しげなるもの」として「家の中に、子《こ》・孫《うまご》の多き」と書いた。彼らと違って大田南畝は、家族生活の中に幸福があると感じているのだろう。そのうえで、交友と勉学を通じての自分自身の精神生活の充足にも、大きな価値を置いているのである。

室内の描写は『方丈記』の庵内部よりもさらに無造作で、木下長嘯子や吉川惟足や北村季吟の閑居記に見られたような、風雅な趣味生活を彩る由緒ある文房具などは何も書かれていないが、大勢の友人たちとの賑やかな楽しい交友の情景が目に浮かぶ。

漢詩にみる感慨

牛込の住居を書いた二編の閑居記は、共に南畝の狂文集『四方《よも》のあか』に収められている。それらの表現からは、現状に満足する南畝の風貌が浮かび上がってくる。あるいは、そういうものとして南畝自身がこれらの和文閑居記を書いたと言った方が正確かもしれない。その後の住まいでは、どのような感慨を持っていたのであろうか。

大田南畝の漢詩文を集めた『南畝集』(『大田南畝全集』岩波書店)には、小石川や駿河台の住まいを詠んだ漢詩が収められている。たとえば、小石川に転居したことを、次のような七言律詩に詠んでいる。なお、引用は読み下し、各句の間には斜線を入れた。

文化元年甲子《きのえね》の春/居を移す、慧日寺《ゑにちじ》の東隣/雪は残《ざん》す、大嶽・西窓の外/気

は暖かなり、陽溝・上水の浜《みぎは》／竹裏《ちくり》、鐘鳴つて、午飯を知り／門前、市《いち》近うして、
囂塵《がうぢん》少なし／正《まさ》に、黄鳥《くわうてう》の喬木《けうぼく》に遷《うつ》るに逢《あ》ふ／幽谷の風光、事々《じじ》新たなり

南畝は文化元年（一八〇四）二月に、小石川金剛寺の東隣に移り住んだ。この住まいは、窓の外に富士山が見え、近くには上水が流れ、寺の鐘で昼飯の時間を知り、町の賑わいに近いが世俗のけがれは少ないと述べ、新居の立地環境に満足している。春になると鶯（黄鳥）が谷を出て丈の高い木に移るという『詩経《しきよう》』小雅《しようが》の詩句そのものの光景も見えて、目の前の谷の景色は見るたびに新鮮である。

牛込の旧居あたりの平坦な土地と比べて、この住まいは土地に高低があるせいか、まるで自然に恵まれた山中の隠棲地のような印象を受ける。ここはまた鶯谷とも呼ばれる場所であったので、南畝は「鶯谷十詠」という漢詩も作って、自分の住まいを「遷喬楼《せんきようろう》」と名付けている。その序文には、「一室に帰坐《きざ》すれば」、「身の吏為《りた》ることを知らざるなり」と書き、十編の漢詩には、周辺の自然を詠んでいる。

小石川金剛寺坂の住まいを詠んだこれらの漢詩には、牛込の住まいのことを書いた和文の閑居記のような軽やかなユーモアは感じられないが、自然に恵まれた落ち着い

た閑居生活のさまが偲ばれる。

南畝はその後、文化九年（一八一二）七月に、駿河台淡路坂の新居「緇林楼《しりんろう》」に移った。この住まいを詠んだ「新楼晩眺《しんろうのばんちょう》」という七言絶句がある。

　昌平橋上、暮煙凝《こ》る／柳外の人家、幾点の燈／独《ひと》り、新楼・東壁の柱に倚《よ》る／悔《く》
　ゆらくは、童子をして来朋《らいほう》を謝《しゃ》せしめしことを

「緇林楼」は、神田川を隔てて湯島聖堂の向かい側にあった。昌平橋には夕暮れの煙が立ちこめ、人家には燈がともっている。青灰色の夕暮れの中に、ぽつりぽつりと橙色の燈火が浮かび上がる美しい情景を、南畝は新居の二階の壁に凭《もた》れてじっと眺めている。いかなる理由か明らかにされていないが、先ほど訪ねてきた友人との対面を断ったことを、今になって後悔している。ここには、六十代半ばの南畝の孤影を見る思いがする。明るく交友を楽しむ彼の姿とはまた違った一面が表れている。

六十五歳頃の作品と考えられる次のような述懐詩には、生涯を振り返ってかなり強い人生への絶望感が表現されている。

生来の宿志《しゆくし》、官に入りて違《たが》ふ／妻孥《さいど》を養はんが為《ため》に、未《いま》だ衣を払はず／四十九年、一《いつ》の是《ぜ》なる無《な》し／人間《じんかん》万事、悉皆非《しつかいひ》なり

南畝は、幕吏として過ごしてきたこの四十九年間を振り返って、自分の志とは違う人生を、妻子のために送ってきた、と言う。まだ二十代の若い頃の漢詩に「愛す、この胤公《いんこう》の方丈記／還《かへ》つて疑ふ、旦暮《たんぼ》、吾《わ》が師に遇《あ》ふかと」と書き、既に『方丈記』を愛読して、鴨長明（法名は蓮胤《れんいん》）のことを、まるで自分の師に遇《あ》ったかのようだとさえ書いている。そのことを思い合わせれば、「生来の宿志、官に入りて違ふ」というのは、偽らざる心情であったろう。ただし、四十九年間、何一つよしとすることはなかった、すべては皆、非である、という彼の言葉には、当然、誇張があろう。大田南畝の作品には『徒然草』からの引用が非常に多いので、おそらく「人間万事、悉皆非なり」には、『徒然草』第三十八段末尾の「万事《ばんじ》は皆、非《ひ》なり。言ふに足らず、願ふに足らず」が響いていよう。

大田南畝の心には、通奏低音のように『方丈記』や『徒然草』に見られる隠遁志向

があったことは確かだろうが、中世の隠遁者たちのように、すべてを捨てて孤独な生活に入ることはできなかった。そして、牛込時代の和文で書かれた閑居記は、明らかに『方丈記』の影響を受けて書かれているにもかかわらず、そこには『方丈記』に色濃く立ちこめていた自己批判は書かれていない。南畝は閑居記の中には書かなかった自分の人生や生き方への苦い悔恨を漢詩の中で吐露している。鴨長明がたった一編の『方丈記』に凝縮して描き込めた、住まいへの思いや人生観を、南畝は、閑居記ばかりでなく他のジャンルである漢詩も含めて、いくつもの作品に散在させたのである。

◉第七章

廃屋と陋巷　樋口一葉と泉鏡花

近代文学における住まいと庭園

近世から近代へと、時代は大きく移り変わった。しかし、近代以後の急激な社会の変化にもかかわらず、古典文学と近代文学には、視点の選び方によっては、連続性が浮き上がってくる場合もある。草庵・閑居・廃園の文学誌という視点を、近代文学にも適応した時、どのような文学風景が眼前に広がるだろうか。

住居形式としての「草庵」を、人里離れた孤独な草葺《くさぶ》きの小住宅と限定するならば、さすがにそのような住まいはほとんど見られなくなってゆくことだろう。けれども、少し概念を広げて小規模で簡素な住居とするならば、近代文学の中にも草庵の文学に一脈通ずるものはあるだろう。「閑居の文学」という視点で近代の作品を捉え直せば、その系譜に連なる作品も、数多く見出せよう。

さらに、近代の作品の中に描かれている廃園や廃墟は、外国文学の影響ももちろん受けているだろうが、表現や発想の深層は、古典文学によって培われている場合も多いはずだ。以上のような問題意識を持ちつつ、現代に到るまでの文学風景を見渡してゆく時、文学尺度としての『方丈記』の有効性もまた、同時に検証されるであろう。

文学者たちの住まいと、作品の中の住まい

これまで、本書ではどちらかといえば、虚構の作品に描かれた住まいよりも、自分の内面性の発露として住まいを造り上げ、そこで理想の生活を過ごすことが目指されている作品を多く取り上げてきた。その作者たちは、時代やそれぞれの社会的地位の如何《いかん》にかかわらず、全般的に隠遁志向が強かった。逆に、隠遁志向が強いからこそ、俗世間の価値観を離れて、住まいという小宇宙を、自分の好尚に合致した空間に作り上げ、そこでの暮らしを人生の楽しみとしたのであろう。このような作品群は、『方丈記』の影響力の表れとして、広義の「閑居記の系譜」と見なしうる。それでは、住

まいの文学誌は、近代文学においてどのような展開を示すのであろうか。

樋口一葉の「隠れ家」

島崎藤村の『春』は、彼の青春時代を描いた作品で、同人誌『文學界』を創刊した文学仲間たち、平田禿木《とくぼく》・馬場孤蝶《こちょう》・戸川秋骨《しゅうこつ》・上田敏《びん》・北村透谷《とうこく》などの動向のみならず、『文學界』に寄稿していた樋口一葉の姿も描かれている。その一葉のことを、俳人・大野洒竹《しゃちく》が、『文學界』第二十八号（明治二十八年四月三十日）で、「一葉女史におくる」と題して、次のように詠んでいる。

隠《かく》れ家《が》や世を夕顔《ゆふがほ》の花の蔭《かげ》

当時の樋口一葉は、東京府本郷区丸山福山町の崖下の住まいに、母と妹と三人で暮らしていた。彼女は、明治二十九年十一月二十三日に亡くなったので、ここが最晩年を過ごした終《つい》の棲家《すみか》であった。近くには銘酒屋なども ある陋巷《ろうこう》の住まいである。洒竹は一葉のこの住まいを、「隠れ家」と詠んでいる。しかも、「夕顔の花の蔭」と詠むことによって、『源氏物語』の夕顔の宿と重ね合わせている。『源氏物語』の夕顔の宿は、むさ苦しい町中の小さな住まいであった。大野洒竹はおそらく文学者の直感によって、一葉が、本来住むべき場所でない所に住んでいると洞察したのだろう。そして、ひっそりと人知れず世間から逃れて暮らす夕顔のイメージを揺曳させて、この一句を詠んだのだろう。

女性と住まい

本書でこれまで取り上げてきた文学者は、ほとんどが男性であった。鴨長明や兼好のような中世の隠遁文学者は言うまでもなく、近世の横井也有や大田南畝に到るまで、彼らは意識の底流に隠遁志向を持ち、人生いかに生きるべきかというテーマを、彼らの住居記の中に多かれ少なかれ投影していた。そのような中で、女性たちが住まいに託してどのような感慨を心の奥に持っていたのか、明瞭には見えてこない憾《うら》みがあった。詳細に各時代の文学に分け入ってゆくならば、女性たちのそのような思いも掬《すく》い上げることができようが、少なくとも、作品の表層に彼女たちの住居観が表れることは少なかったのが実情である。

けれども、清少納言や紫式部以来、久しぶりに本格的な女性文学者として樋口一葉が現れた時、本書の問題意識と視点から、作品と生き方を考察できる女性が、ようやく出現したのである。すると、これまで取り上げてきた男性文学者たちの持っていた隠遁志向と、自分の住居スタイルを通しての暮らし方・生き方の実現という方向性を、樋口一葉の場合もまた同様に持っており、男女を問わず、住まいと人生の関わりには、ある種の普遍性があることにも気づかされる。

日記の題名にみる意識の深層

樋口一葉は、明治二十年一月十五日を書き始めとする『身《み》のふる衣《ごろも》　まきのいち』を第一冊目として、明治二十九年七月二十二日を書き終わりとする『みづの上《うえ》日記』まで、四十冊あまりの日記を書き残している。これらの日記は、ただ『日記』としか書かれていないものも多いが、『若葉《わかば》かげ』『蓬生《よもぎう》日記』『しのぶぐさ』『塵中《じんちゅう》日記』などという文学的な題名が付いた日記もある。現実世界を、はかない「浮き世」として、また、苦しみに満ちた「憂《う》き世《よ》」としても認識している一葉の心情が、これらの日記の名称に象徴されているかのようである。

一葉は、満二十四年間の短い生涯の間に、十回以上も転居しているが、数えの十八歳で父・則義と死別した。その後の、母と妹との三人暮らしの時期の住まいが、とりわけ重要である。なぜならば、父の没後は女戸主となった一葉が中心となって、居住地を選定し、家計を支えていたからである。詳しい日記が書かれるようになるのも、この頃からである。ちなみに、一葉の日記は文語文で書かれている。

ここでは、三つの住まいを考えよう。第一に、明治二十三年九月から住んだ本郷区菊坂町の住まい。第二に、明治二十六年七月から住んだ下谷区龍泉寺町《りゅうせんじちょう》の住まい。そして、第三に、明治二十七年五月から亡くなるまで住んだ本郷区丸山福山町の住まいである。これらの三つの住まいは、女所帯の侘び住まいであり、どれも言わば陋巷《ろうこう》の住まいと言ってよく、先ほど引用した、大野洒竹がいみじくも詠んでいた夕顔の宿とも通じる住まいであった。

菊坂町時代の住まい

菊坂町時代の日記は、二十冊余り残っている。この時期の日記には、『若葉かげ』『蓬生日記』『しのぶぐさ』などという古典的な題名が付いている。

菊坂町時代の最初の日記『若葉かげ』は、明治二十四年四月十一日から二箇月余りの日記で、小説家となるために入門した半井桃水《なからいとうすい》との出会いや、小説の執筆に関する記事が多くを占めている。この日記には『徒然草』などの古典の表現を引用した序文と跋文が付されているが、序文の末尾には、自作の歌が置かれている。

卯《う》の花の憂《う》き世の中の慨《うれた》さに己《おの》れ若葉の蔭《かげ》にこそ住め

「慨さ」は、心が痛いほどの苦しさのことである。「ウの花」「ウき世」「ウれたさ」と、「う」の頭韻を踏んでいるし、「すめ」には「住め」と「澄め」の懸詞を使うなど、和歌的な技法を駆使している。自分は憂き世の中の汚濁に塗《まみ》れずに、美しい若葉のかげに住み、心を澄ませて生きてゆきたいという、切なる気持ちを詠んだ歌である。『若葉かげ』という日記の題名も、この歌から名づけられたのであろう。

このような隠遁志向と共に、一葉には父親の没後、強い没落意識があり、そのことは『蓬生日記《よもぎうにっき》』という題を持つ日記が、菊坂町時代に七冊もあることが象徴している。樋口一葉の住まいは、現実には陋巷の侘び住まいであると同時に、彼女の内面では、没落した姫君である末摘花《すゑつむはな》の住む「蓬生の宿」という意識もあった。虚構の物語世界が、近代社会を生きる一人の女性の内面と密接に関わっていたのである。

しかしながら、虚構の物語ならぬ現実世界を生きる一葉には、光源氏の出現は望むべくもない。また、末摘花のように、困窮しても廃屋のようになった邸宅を手放さず、じっと逼塞したまま無為無策に暮らしているわけにはいかなかった。明治二十六年七月の日記では、ついに文学から商業への転身を決心して、「いでや、これより糊口《ここう》的文学の道を変へて、浮世《うきよ》を十露盤《そろばん》の玉の汗に、商《あきな》ひと言《い》ふ事《こと》、始めばや」と記し、商いのための家探しを始める。七月十五日の日記に、次のようにある。

「料《れう》低くして、人目に立つまじき辺《あた》りを、との定めなれば、努《つと》めて、小家《こいへ》がちに、むさむさとせし所《ところ》をのみ」尋ねたが、借りようとする家は、「大方《おほかた》は、畳も無く、襖《ふすま》も無く、唯《ただ》、家と言ふ名ばかりを貸《か》すなりけり」という、まるで廃屋のような状況であった。今までは、「早《はや》うより、世に落ちはふれて、便《たよ》り無く、細《ささ》やかなる所にのみ住みけるものから、猶《なほ》、門《もん》・格子《かうし》は必ず有り、庭には木立《こだち》有《あ》り、家には床《とこ》有るもの」と思っていた一葉にとっては、まことに厳しい現実であった。

それでも、十七日に、「行《ゆ》き行《ゆ》きて、龍泉寺町と呼ぶ所に、間口《まぐち》二間《にけん》・奥行《おくゆき》六間ばかりなる家あり。（中略）些《いささ》かなれども、庭も有り。その家のにはあらねど、裏に木立《こだち》どものいと多かるも、良《よ》し」という家を見つけ、そこに転居することを決めた。このあたりの日記の記述には、一葉にとっての住まいの現実と理想が書き表されている。

龍泉寺町時代の住まい

龍泉寺町時代の日記は、『塵之中《ちりのなか》』『塵中日記《じんちゅうにっき》』などと名づけられている。ここでの暮らしが、一葉にとってまさに「俗塵」に塗《まみ》れた生活であった、という意識の象徴であろう。転居第一夜の感想が、日記『塵之中』明治二十六年七月二十日に、次のように書かれている。

此家《このいへ》は、下谷《したや》より吉原通《よしはらがよ》ひの、唯《ただ》、一筋道《ひとすぢみち》にて、夕方より轟《とどろ》く車の音、飛び違《ちが》ふ燈火の光、喩《たと》へむに言葉無《な》し。行く車は、午前一時までも絶えず。帰る車は、三時より響き始めぬ。物深き本郷の静かなる宿より移りて、此処《ここ》に初めて寝《い》ぬる夜《よ》の心地《ここち》、未《ま》だ生まれ出《い》でて覚《おぼ》え無《な》かりき。

文学から商売への転身の決意と共に出発した龍泉寺時代であったが、それまでの住まいとのあまりの違いに、一年と経《た》たぬうちに早くも、一葉一家は、ここでの暮らしを断念し、再び住み慣れた本郷に戻ることになる。龍泉寺時代の暮らしは、何ら経済的な好転をもたらさなかった。けれども、ここでの体験が、後に『たけくらべ』を生み出したことは、よく知られている。

『塵中日記』の明治二十七年四月二十八日の記事に、「いよいよ、転居の事、定まる。家は、本郷の丸山福山町とて、阿部邸《あべてい》の山に添ひて、細《ささ》やかなる池の上《うへ》に建てたるが、有りけり。守喜《もりき》と言ひし鰻屋《うなぎや》の離れ座敷なりしとて、然《さ》のみ、古くもあらず。家賃は、月三円なり。高けれども、此処《ここ》と定む」とあり、五月一日に転居した。「阿部邸」は、備後福山藩の中屋敷のことで、丸山福山町の名も、福山藩に因んでいる。

丸山福山町時代の住まい

丸山福山町時代の日記は、『水の上日記』『水のうへ』『みづの上日記』などと名づけられ、「水の上」という言葉が入っていることが特徴である。先に引用した日記の記述にあるように、この住まいが「細《ささ》やかなる池の上」に建っていたことに由来するのであろう。明治二十八年九月十六日付の読売新聞に掲載された随筆『月の夜』の中で、一葉はこの池に映る月のことを、「細《ささ》やかなる庭の池水に、揺られて見ゆる影、物言ふ様《やう》にて、手摺《てすり》めきたる所に寄りて、久しう見入《みい》るれば、初《はじ》めは、浮きたる様《やう》なりしも、次第に底深く、この池の深さ、幾許《いくばく》とも量《はか》られぬ心地《ここち》に成《な》りて、月は、その底の底のいと深くに、住《す》むらむ物《もの》の様《やう》に思はれぬ」と書いている。「住む」は、「澄む」との懸詞であろう。

さらには「水の上」という言葉には、『方丈記』の冒頭の「行く河《かは》の流れは絶えずして、しかも元の水にあらず。澱《よど》みに浮かぶ泡沫《うたかた》は、かつ消え、かつ結びて、久しく留《と》まる事無《な》し。世の中に有《あ》る、人と栖《すみか》と、又《また》、斯《か》くの如《ごと》し」（流布本系の本文）も遠く響いているのではないだろうか。明治二十七年の末から翌年にかけて書かれた雑記の題にも『うたかた』とあることなども、考え合わせられる。

一葉は、短い生涯の最晩年を、この池のほとりの終の棲家で過ごした。思えば池のほとりの住まいこそは、平安時代の二人の文人・兼明親王と慶滋保胤の『池亭記《ちていき》』の住まいであり、これらの漢文作品を源流として、住まいの文学はその水脈をここまで継続させてきたのだった。

「水の上」「うたかた」など、『方丈記』にゆかりの言葉が日記の名前に使われているこの時期は、『源氏物語』の「蓬生」巻を意識の底流に持つ菊坂町時代から、龍泉寺町時代の「塵の中」を経て、「世の中に有る、人と栖」を見据えた『方丈記』の世界への親近感を抱くようになったことを、自ずと示しているように思われる。

そのような一葉の自己認識と人間認識、さらには現実認識が混然一体となった到達点の境地が、明治二十八年五月十日の日記に見られる。

我《わ》が身《み》は、無学無識にして、家《いへ》に産《さん》無《な》く、類縁《るいえん》の世に聞こゆるも無《な》し。はかなき女子の一身を献《ささ》げて、思ふ事を、世に成《な》さむとするとも、心に、限り有《あ》り。智《ち》恵《ゑ》の極《きは》み、知るべきのみ。彼《かれ》(友人の馬場孤蝶と平田禿木)は、行《ゆ》く水の流れに、落花《らくくわ》暫《しばら》くの春を留《とど》むるの人なるべく、如何《いか》で、常《とこ》しへの友ならむや。(中略)夜更《よふ》けて、風寒し。空行く雲の定め無《な》きに、月の晴れ曇る事、今更《いまさら》の様《やう》に思はれて、燈火の影に、物言《ものい》ふ孤蝶子も、窓に倚《よ》りて沈黙する平田主《ぬし》も、その中に立ちて、茶菓取《と》り賄《まかな》ふ我も、唯《ただ》、夢の中なる事種《ことぐさ》に似て、禿木主《ぬし》が、所謂《いはゆる》他界にあるらむ、誰人《たれびと》かの手に、弄《もてあそ》ばるる身《み》ならずや、と思ふ事、深し。昨日《きのふ》は他人にして、今日《けふ》は、胸友《きようゆう》たり。今日の親友《しんいう》、明日《あす》の何《なに》ならむ。花は散るべき物《もの》と定めて、猶《なほ》、暮春の恨み、誰《たれ》も有りぬべき事。今宵《こよひ》の会合を、暫《しばら》く記して、袖《そで》の涙の料《れう》にと、蓄《たくは》へぬ。

「行く水」は、『方丈記』冒頭を連想させる。「空行く雲の定め無きに、月の晴れ曇る事」は、『徒然草』の第四十四段の「都の空よりは、雲の往来《ゆきき》も速《はや》き心地《ここち》して、月の晴れ曇《くも》る事、定め難《がた》し」を思わせる。これらの表現を使いながら、一葉の家を訪ねて来た『文學界』の青年たちと、自分自身のそれぞれの輪郭が、くっきりと把握されている。そのうえで、このいかんとも動かしがたい現実を相対化する透徹した視線も窺われ、無常観とも言うべき不思議な静謐が漂う。一葉の目には、今の友情が運命によって失われ、袖に涙をこぼす未来が見えている。その時に流す涙のために、今、この文章を書いておくのだと、一葉は時間と生死とを達観している。

一葉の住居観は、彼女の日記の題名に象徴的に表されていた。その題名に注目しながら彼女の住居遍歴をたどることによって、一葉の住まいがそれぞれの時期で、『池亭記』とも『源氏物語』とも『方丈記』などとも関わるものであったことが浮かび上がった。それでは、小説の中での住まいは、どのように描かれているのだろうか。

『やみ夜』の世界

一葉が丸山福山町に転居して最初に執筆した作品が、『やみ夜《よ》』である。この作品は、明治二十七年の『文學界』に、三回に分けて掲載された。「都ながらの山住居《やまずまひ》にも似たるべし」と書かれている、廃屋のような荒廃した邸宅に住む「松川お蘭」は、古くから仕える佐助《さすけ》夫婦との三人暮らしである。母親は早くに亡くなり、父親は屋敷の中の「底しれずの池」に入水《じゆすい》しており、「松川さまのお邸《やしき》といへば、何となく怕《こは》き処《ところ》のやうに、人思ひぬ」という住まいである。

父の亡き後、態度を一変させて寄りつかなくなった婚約者・波崎漂《なみざきただよう》に対して、お蘭は深く恨みを抱いている。偶然、お蘭の屋敷の前で、波崎の馬車に轢《ひ》かれそうになった青年・直次郎が、手当を受けるうちに、ここに住み込むことになる。お蘭の境涯に共鳴した直次郎は、彼女の恨みを晴らすべく、波崎を襲撃するが失敗に終わり、直次郎は行方知れずとなる。この屋敷も住人が変わり、お蘭たちのその後も不明となって、物語が終わる。

廃園の設定と『源氏物語』

『やみ夜』の冒頭部分は、次のように書き出されている。

取りまはしたる邸の広さは幾《いく》ばく坪《つぼ》とか聞《き》こえて、閉《と》ぢたるままの大門《おほもん》はいつぞやの暴風雨《あらし》をそのまま、今にも覆《くつが》へらん様《さま》あやふく、松はなけれど瓦《かはら》に生《お》ふる草の名の忍《しの》ぶ昔は、そも誰《たれ》とか。（中略）

もとより広き家の人気《ひとげ》すくなければ、いよいよ空虚《がらん》として荒《あ》れ寺《でら》などの如《ごと》く、掃除《さうぢ》もさのみは行《ゆ》きとどかぬがちに、入用《いりよう》のなき間《ま》は雨戸をそのままの日さへ多く、俗《ぞく》にくだきし河原院《かはらのゐん》もかくやとばかり。夕《ゆふ》がほの君《きみ》ならねど、お蘭《らん》さまとて冊《かしづ》かるる娘の、鬼にも取られで、淋《さび》しとも思はぬか、習慣《ならはし》あやしく、無事なる朝夕《てうせき》が不思議なり。

この書き出しの部分に、早くも『源氏物語』を思わせる一葉の凝縮した重い表現力が発揮されている。お蘭の邸宅は、さながら末摘花《すゑつむはな》の蓬生の宿のように、人気がなく不気味に荒廃しており、門も崩れそうで、廃屋のような住まいである。と同時に、「夕がほの君ならねど」という表現があり、『源氏物語』夕顔巻への言及も見られる。河原院は、夕顔が物《もの》の怪《け》に取り殺された「なにがしの廃院」のモデルでもある。このあたりの記述を捉えて、「隠れ家や世を夕顔の花の蔭」という大野洒竹の句が生まれた可能性も高い。

ちなみに、『やみ夜』のお蘭を、一葉自身のイメージと重ね合わせる人々もあり、『文學界』の馬場孤蝶などは、一葉宛《あ》ての手紙に「お蘭様」と書いているし、斎藤緑《りょく》雨《う》も、一葉文学の本質をお蘭の「冷笑」に求めている。

『やみ夜』のお蘭の持つ俗世間への強い反発心は、特異な人物造型となっているが、その結末はいかにも呆気《あっけ》なく、びくともしない現実の前に敗れ去るのである。直次郎による波崎襲撃が失敗した三箇月ほど後に、「門《もん》は立派に、敷石《しきいし》のこはれも直《なほ》りて、日毎《ひごと》に植木屋・大工の出入りしげきは、主《ぬし》の替《か》はりしなるべし」と書かれる。それに続いて、作品の末尾は、「されば、佐助夫婦・お蘭も何処《いづこ》に行きたる。世間は広し、汽車は国中《くにぢゅう》に通《つう》ずる頃なれば」という言葉で終わるのである。

お蘭の廃屋と廃園は、日本国中に汽車が通じる文明開化の社会の中で消滅した。『やみ夜』は、お蘭の人物造型もさることながら、住まいや庭の情景描写に見られる『源氏物語』蓬生巻のイメージや、夕顔巻のような怪奇性が注目される作品である。

樋口一葉は、現実生活の上では、陋巷《ろうこう》の住まいに逼塞《ひっそく》していたが、その内面に渦巻く屈折した感情は、没落意識であり、また隠遁志向であり、厭世観であった。「蓬生」「塵の中」を経て「水の上」の住まいに移った時点で、『やみ夜』を書いたのは、それまでの自分の価値観や生き方を、古典の教養を基盤にした作品に投影することによって検証した結果ではないだろうか。これ以後、一葉は『大つごもり』『たけくらべ』『にごりえ』『十三夜』と続く代表作を、開花させることとなる。

樋口一葉は、その住居観において、『源氏物語』の「夕顔の宿」「蓬生の宿」と深く関わりつつ、同時に『方丈記』や『徒然草』のような隠遁志向が見られる点で、独特の位置を占めており、明治二十年代後半にあって、古典文学とまさに地続きの文学世界を体現していた文学者である。

泉鏡花の『薄紅梅』と廃園

古典文学から近代文学への推移を考えるうえで、樋口一葉と共に重要な文学者に泉《いずみ》鏡花《きょうか》がいる。一葉と鏡花は同世代で、ほぼ同じ時期から文学活動を開始した。ここでは、鏡花の作品の中から、廃屋や庭のことが書かれている例をいくつか挙げよう。

泉鏡花は、明治二十四年、東京・牛込横寺町《よこでら》の尾崎紅葉《こうよう》に弟子入りし、紅葉宅に住み込んだ。その後、故郷・金沢に一時帰郷したりしたが、明治二十八年には、博文館の編集員となり、小石川に住んだ。その住まいは、現在の小石川植物園の近くであった。鏡花はその年、『外科室《げかしつ》』を発表したが、この作品では小石川植物園の庭園が重要な舞台となっている。なお、この頃、鏡花は原稿を受け取りに、丸山福山町の一葉の住まいを訪れたこともある。

その後、明治二十九年に、郷里から祖母と弟を呼び寄せて、小石川区大塚町で三人暮らしを始めた。この頃の住まいのことが描かれている作品に、『薄紅梅《うすこうばい》』（昭和十二年）がある。

主人公・辻町糸七は、「俥《くるま》が其《そ》の辻まで来ると、もう郡部だといつて必ず賃金の増《ま》加《し》を強請《ねだ》る」地域である大塚に、祖母と甥と三人で住んでいる。この住まいの描写は、雑草の茂る裏庭が、廃園のようでおもしろい。家主から、はびこっている実のならぬ南瓜《かぼちゃ》を刈り取って、畑にせよ、と言われる。まるで、『徒然草』第二百二十四段の有《あり》宗《むね》のような助言である。

庭などとは贅《ぜい》の言ひ分。放題の荒地《あれち》で、雑草は、やがて人丈《だけ》に生茂《おひしげ》つた、上へ伸《の》び、下を這《は》つて、芥穴《ごみあな》を自然に躍《をど》つた、怪しき精《せい》の如き南瓜《かぼちや》の種《たね》が、何時《いつ》しか一面に生《は》え拡《ひろ》がり、縦横無尽に蔓《はびこ》り乱れて、十三夜が近いといふのに、今が黄色な花ざかり。（中略）

……遠くに居る家主《やぬし》が、嘗《かつ》て適切なる提案をした。曰《いは》く、これでは地味《ちみ》が荒れ果《は》てる、無代《ただ》で広い背戸《せど》を皆貸《か》さうから、胡瓜《きうり》なり、茄子《なす》なり、そのかはり、実《み》のない南瓜を刈り取つて、雑草を抜けといふ。

怪奇な生命力に溢れる南瓜と、家主の現実的・実利的な発言が相俟《あいま》って、裏庭の荒れ放題の情景が、どこかしらユーモラスに活写されている。

『春昼』の散策子と、『草迷宮』の廃屋

鏡花は、その後、神楽坂《かぐらざか》などに住んだが、明治三十年代の終わりから四十年代の初めにかけて、逗子《ずし》に住んだ。この時期に書かれた作品に、『春昼《しゅんちゅう》』『草迷宮《くさめいきゅう》』がある。『春昼』（明治三十九年）では、語り手が「散策子《さんさくし》」という設定になっている。振り返れば、『方丈記』を書いた鴨長明も、『大原記』を書いた木下長嘯子も、ある意味で「散策子」であった。その系譜に、この作品も設定自体は位置づけられる。ただし、作品の内容は、長明や長嘯子が名所や自然を楽しむのどかな散策だったのに対して、『春昼』の「散策子」は、寺の住職から怪奇な事件を聞くことになる。

一方、『草迷宮』（明治四十一年）は、秋谷《あきや》屋敷に出没する怪異の話で、ここに迷い込んだ若者が旅の僧の助けで、探し求めていた手鞠唄を聞き、母の幻影を垣間見《かいまみ》るというのが、おおよそのストーリーである。どちらも怪奇趣味・幻想趣味が色濃い作品であるが、泉鏡花は上田秋成の『雨月物語《うげつものがたり》』に親炙《しんしゃ》しており、「浅茅が宿《あさじがやど》」などとの類縁性も感じられる。

一葉の『やみ夜』も鏡花の『春昼』や『草迷宮』も、廃園や廃屋が怪奇的に描かれているが、その後、「廃園詩の系譜」とも呼べるような一連の近代詩が、北原白秋『邪宗門《じゃしゅうもん》』や三木露風『廃園』などに登場してくる。散文から詩歌への新しい展開である。その中で、廃園や廃屋はどのような場所として、散文作品の中に登場することになるのだろうか。それについては、第九章で改めて取りあげることにしたい。

◉第八章

市隠への憧憬　夏目漱石と森鷗外

夏目漱石と『方丈記』

近代文学は、社会体制の変化や西欧文化の影響、さらには文学の担い手の多様化など、それ以前の文学と大きな違いがあるので、古典文学との関わりを強調しすぎることはもちろんできない。しかし、『方丈記』のように著名な作品の場合、その影響力は近代になっても決して衰えなかった。そのことは、近代文学の中に『方丈記』に類する書名を持つ作品が散見されることによっても窺われよう。

戸川残花《ざんか》『新方丈の室』（『文學界』、明治二十六年十月）、島崎藤村『茶丈記《ちゃじょうき》』（同、明治二十六年七月）、克水『夢方丈記《ゆめほうじょうき》』（同、明治二十七年五月）などがある。『茶丈記』は、藤村が石山寺に滞在していた時のことを書いた短編で、芭蕉の『幻住庵記』とのかかわりが深いが、『方丈記』の名前も見える。『夢方丈記』は、四季折々の風情を描く閑居記である。

その後も正宗白鳥《まさむねはくちょう》の『新方丈記』(『早稲田文学』、大正三年三月)、内田百閒の『新方丈記』(昭和二十二年)、林芙美子の『菊尾花《きくおばな》——新方丈記』(昭和二十六年)などがある。近代におけるこのような『方丈記』の広汎な影響力の中でも、夏目漱石による『方丈記』の英語訳は、時期的に早い例であり、漱石が『方丈記』をどのように理解していたかがわかる点で、興味深いものがある。

漱石による『方丈記』の英語訳

夏目漱石は、明治二十四年(一八九一)十二月に、『方丈記』を英語訳すると共に、英文でその解説も書いている。小宮豊隆によれば、当時、文科大学英文科学生であった夏目金之助(漱石)は、文科大学教師ジェームス・メイン・ディクソンの依頼によって、『方丈記』を翻訳・解説したという。したがって、漱石による『方丈記』の英語訳は、完全に自発的なものとは言いがたいが、この翻訳以前の段階で、漱石の『方丈記』への深い共感が表れている書簡もあり、漱石と『方丈記』の間には、密接な内的繋がりがあると思われる。

なお、漱石による『方丈記』の英語訳は完全訳ではなく、五大災厄のうちの福原遷都・養和の飢饉・元暦の地震は、訳されていない。また、この翻訳が明治時代の中期であることから当然であるが、漱石が訳した『方丈記』の本文は、現在、一般に読まれている大福光寺本ではなく、流布本系の本文である。大福光寺本が紹介されたのは、大正時代の末である。

ここでは、漱石の『方丈記』観が明確に表されている「解説」を中心に、漱石が『方丈記』をどのように把握していたかを考えたい。さらには、漱石の作品の中で『方丈記』の作品理解に連なる作品を取り上げたい。

漱石の「解説」の画期性

漱石が書いた『方丈記』の「解説」は、以下の二点において画期的である。第一に、『方丈記』という作品が、自分自身にとって、どのような存在であるかを明確に指し示している点。このことは、近代教育を受け、英文学研究を志す漱石のような人間の人生観と社会認識が、どのように日本の古典文学と結びついているかを明示している点で、重要なものである。

第二に、『方丈記』の本質と鴨長明の人物像を、シェイクスピアやワーズワスと比較しながら書いている点。この点に関しては、今まで日本文学の内部でのみ論評されてきた『方丈記』が、世界文学の視点を導入することによって、その普遍性や限界性を、新たな文学的地平のもとで批評されているのが新鮮である。漱石は、自然の中に霊的なものの存在を認めるワーズワスの自然観と対比して長明を批判する一方で、シェイクスピアを援用して鴨長明の人生観の普遍性を指摘している。

漱石の『方丈記』観

漱石による『方丈記』の解説は、最新の『漱石全集』第二十六巻に収められている。六ページほどの文章で、内容は大きく三つに分かれる。冒頭部では、文学作品を三種類に分類する。次に、『方丈記』の本質を鴨長明の人間性に求める。最後に、鴨長明の略伝と彼の主な著作を記し、自分の英語訳への謙辞を書いて締めくくっている。なお、以後の漱石の「解説」の引用は、同全集の山内久明氏の日本語訳による。

漱石は、『方丈記』の「解説」を書くに当たって、いきなり『方丈記』の粗筋をまとめたり鴨長明の略伝を書いたりせずに、一見すると回り道のような文学論から書き始めている。漱石はまず文学作品を、「天才の作品」「才人の作品」「熱狂的作品」に分類するが、この中で特に「熱狂的作品」の説明に筆を割《さ》き、このような作品は「人生観を作者と共有する読者を惹《ひ》きつけずにはおかない」けれども、それゆえに「多くの読者を得ることができない」という「ある種の不利益を蒙っている」と述べる。しかし「熱狂的作品」こそは、「多数者の賞賛よりもはるかに価値のある意見を持つ選ばれた少数者に訴える」作品であると規定する。

『方丈記』の「解説」のほぼ半分が、このような文学論に費やされている。その後でようやく、『方丈記』がまさにそのような、人生観を作者と共有する少数の読者に訴える作品であると述べるのである。

ここで漱石が「選ばれた少数者」と言っているのは、「悲憤慷慨、憤懣やるかたなく、人類から孤立し疎外された精神に耐えられる人」であり、その作品に「自分の似姿が映し出されているのを認めることができる人」のことである。つまり、彼はここで、『方丈記』の作品としての特性を、「人生観を作者と共有する読者」との間に結ばれる強い共感の紐帯に見出しているのであり、このあたりの叙述は、『方丈記』に対する漱石自身の心情をも同時に表している。

漱石にとって『方丈記』の「解説」を書くことは、作品の内容を要約することでもなければ、『方丈記』が書かれた当時の時代背景を説明することでもなかった。文学作品の本質とは何か、自分はどのような作品に強く惹きつけられるのかということが、そもそもの彼の問題意識の所在であり、それに対して明確に答えてくれる存在が『方丈記』である、ということを書いたのが、この「解説」だった。

『方丈記』とは鴨長明の人生観の表明であり、自分自身もこの作品に共鳴していることを、これほどまでに明確に述べた人間が、漱石以前にいただろうか。夏目漱石の『方丈記』理解は、近代に主流となってゆく反俗的人生論としての『方丈記』理解の始発と位置づけても過言ではないだろう。

近代人にとっての『方丈記』は、もはや安穏な「閑居の文学」や、狭いながらも満足感に満ちた「住まいの文学」ではなく、もっと違う側面、すなわちリアルな災害描写や社会批判の書としての側面に注目が集まってくることとも軌を一にしている。ただし、本書は「住まいの文学」の系譜とその広がりを中心テーマとしているので、災害記の系譜は、第一章の「『方丈記』の影響力」で略述するに留めた。現実世界の虚妄性を鋭く衝《つ》く「批判者」としての長明像に力点を置く、このような『方丈記』の読み方からは、自分好みの住まいでの日常生活に自足する「閑居者」としての長明の姿は、大幅に後退することになろう。

漱石の『方丈記』理解の独自性

漱石は鴨長明の人生観を、シェイクスピアを援用し、「解説」の中で、次のように述べている。

長明にはいつの場合にも真摯な誠実さがあり、軽佻浮薄とでも呼べる要素はまったくない。長明が批判的分析に耐え得ないとしても、長明は少なくとも、かなりの程度、称揚に価する。それは、拝金主義的で、快楽追求的な醜い現世のおぞましい影響に汚されることのない、外山《とやま》の丘での非の打ち所のない行いと禁欲的生活によるものである。

暗示的に上で触れた長明の人生観は、シェイクスピアからの引用で説明できよう。

「雲を戴く塔、華麗な宮殿、
荘厳な神殿、そして地球自体と、
地球が受け継ぐすべてのものは融けてしまい、
うたかたと消えたこの幻の劇と同じように、
あとかたひとつ残さない。人間とは
夢が紡《つむ》ぎ出すようなもの、そして人の生命は
眠りで終わるのだ。」

漱石は、長明の反俗精神に強い光を当てて捉えており、拝金主義的で快楽追求的な現世を否定する人間として長明を捉える。そして、現世で齷齪《あくせく》しながら生きる人間の虚しさを、シェイクスピアの『テンペスト』の一節と響き合わせることによって説明している。ただし、ここで引用されている『テンペスト』のプロスペロの言葉と長明の人生観の繋がり方は、やや不明瞭ではないだろうか。

けれども、この「解説」を書く一年あまり前に、漱石が親友の正岡子規に宛《あ》てて書いた書簡（明治二十三年八月九日付）を介在させれば、両者の関連性が明瞭になる。

生前も眠りなり。死後も眠りなり。生中の動作は夢なりと心得ては居《を》れど、左《さ》様《やう》に感じられない処《ところ》が、情けなし。知らず、生まれ死ぬる人、何方《いづかた》より来《きた》りて、何方へか去る。又しらず、仮の宿、誰《た》が為《た》めに心を悩まし、何によりてか、目を悦《よろこ》ばしむる、と長明の悟りの言は記臆《きおく》すれど、悟りの実は跡方《あとかた》なし。是《これ》も、心といふ正体の知れぬ奴が五尺の身に蟄居《ちつきよ》する故《ゆゑ》と思へば、悪《にく》らしく、皮肉の間に潜むや、骨髄の中に隠るるやと、いろいろ詮索すれども、今に手掛《てがか》りしれず。

この書簡で漱石は、人生を眠りの間の夢と捉えているが、今引用した部分の直前に『テンペスト』第四幕の原文が書かれており、これが先に見た『方丈記』の「解説」に出てきた「シェイクスピアからの引用」の最後の一節、「人間とは／夢が紡ぎ出すようなもの、そして人の生命は／眠りで終わるのだ」という箇所なのである。

この書簡では、引き続いて『方丈記』の一節、「知らず、生まれ死ぬる人、何方《いづかた》より来《きた》りて、何方《いづかた》へか去る。又《また》しらず、仮の宿、誰《た》が為《た》めに心を悩まし、何によりてか、目を悦《よろこ》ばしむる」を引用しているので、漱石の心の中では、『テンペスト』の一節と

『方丈記』の一節が、ほぼ同列のものとして意識されていたことがわかる。

人間という存在は、生前のことも死後のこともわからず、生きている時さえ夢のような実体のないものであるという認識が、漱石にはあったのであろう。そこから『テンペスト』の一節と、『方丈記』の一節が結びついたと推測される。

このような認識は『方丈記』の原文の「仮の宿」を、「this unreal world」と英語訳している漱石なればこその連関であって、江戸時代の『方丈記』注釈書では、「逆旅《げきりよ》」(旅の宿)「仮寓《かぐう》」(一時的な住まい)などと解釈され、現代の注釈でも「仮の宿」を「はかないこの世」とするものもあるが、多くは「仮の宿にすぎない住居」と解釈されることが多い。これらの諸注釈書を考え合わせれば、漱石が『方丈記』を、住まいの文学というよりも、「この実在しない架空の世界」といかに対処し、いかに生きるべきかを書いた文学作品として、早くから捉えていたことの独自性が浮かび上がってくる。

漱石にとって『方丈記』は、あくまでも人生論の書であり、長明は禁欲的な生活によって拝金主義的で快楽追求的な現世に対峙《たいじ》する生き方を指し示した先人だった。このような明治二十年代前半の時期における漱石の『方丈記』理解は、後に小説家となった時に、どのように熟成・発酵して、漱石の作品造型に関わってくるのであろうか。

漱石の『方丈記』理解と関わりを持つと思われる作品を取り上げて、この問題を考えてみよう。

『野分』の住まい

『野分《のわき》』は、明治四十年に高浜虚子《きよし》の俳誌『ホトトギス』に掲載された小説である。「白井道也《しらゐだうや》は文学者である」という印象的な書き出しで始まるこの小説は、元教師で、今は雑誌の編集などの仕事をしながら、畢生の大著『人格論』の著作に励む道也先生を中心に、人生いかに生きるべきかというテーマが追求される。道也先生は、教師時代に赴任地の「黄白万能主義《くわうはく》」（金銭重視）や「猛烈な現金主義」と相容《あい》れず、任地を去り、東京に戻ってきたことが、第一章で明かされている。このような金銭主義への嫌悪感は、先に見た『方丈記』の「解説」にあった鴨長明の人物像と一脈通ずるものがある。

道也先生の住まいは、東京の雑司《ぞうし》ヶ谷《がや》に近い市井《しせい》の横町にある。「台所も玄関も大した相違のない程《ほど》小さな家である」と書かれている。彼には連れ添った妻がいる。最初のうちは夫の生き方に賛成していた妻も、今では道也の生き方に批判的になっている。ある秋の夕暮、雑誌に掲載するために裕福な青年文学者の恋愛論を取材して帰宅した道也は、「小さな長火鉢に平鍋《ひらなべ》がかかつて、白い豆腐が烟《けむ》りを吐いて、ぷるぷる顫《ふる》へてゐる」夕餉《ゆうげ》の卓につきながら、妻との人生観や金銭観の違いを再認識させられる。だが、彼は、社会への警鐘を著述に託すことに人生を賭けている。この『野分』第三章は、何不自由ない幸福な文学青年と白井道也のそれぞれの住まいを対比させながら、彼らの人物像をくっきりと浮き上がらせており、住まいと人生が象徴的に描かれている。一読忘れがたい章である。

この他にも漱石の小説『門』では、宗助《そうすけ》・御米《およね》夫婦が崖下の住まいで、「彼等《かれら》は山の中にゐる心を抱いて、都会に住んでゐた」（十四章）と書かれている。晩年の身辺随筆『硝子《ガラス》戸《ど》の中《うち》』でも、世間から隔絶したような静かな住まいで、硝子戸の中から、世間の様子をじっと眺めている漱石の姿が描かれている。

漱石の作品における住まいは、『吾輩は猫である』でこそ、友人たちとの交友が賑やかだが、俗世間と隔絶した場所として描かれることが多いように思われる。

森鷗外の『細木香以』

森鷗外が後半生を過ごした家は、東京千駄木《せんだぎ》の団子坂《だんござか》にあり、「観潮楼《かんちようろう》」と名づけられた。この家に住むようになった経緯を、鷗外は『細木香以《さいきこうい》』の中で、次のように書いている。そもそもは、「眺望の好い家として父の目に止まつた」のだった。

団子坂上から南して根津権現《ねづごんげん》の裏門に出る岨道《そばみち》に似た小径《こみち》がある。これを藪下《やぶした》の道《みち》と云《い》ふ。そして所謂《いはゆる》藪下の人家《じんか》は、当時根津の社《やしろ》に近く、此《この》道の東側のみを占《し》めてゐた。これに反して団子坂に近い処《ところ》には、道の東側に人家が無く、道は崖の上を横切つてゐた。此《この》家の前身は小径《こみち》を隔てて其《その》崖に臨《のぞ》んだ板葺《いたぶき》の小家《こいへ》であつた。

崖の上は向岡《むかうがをか》から王子《わうじ》に連《つら》なる丘陵である。そして崖の下の畠や水田を隔てて、上野の山と相対《あひたい》してゐる。彼《かの》小家の前に立つて望めば、右手に上野の山の端《はな》が見え、此《こ》の端《はな》と忍岡《しのぶがをか》との間が豁然《くわつぜん》として開けて、そこは遠く地平線に接する人家の海である。今のわたくしの家の楼上《らうじやう》から、浜離宮《はまりきゆう》の木立《こだち》の上を走る品川沖の白《しら》帆《ほ》の見えるのは、此方角《このはうがく》である。（中略）

父はわたくしを誘《いざな》つて崖の上へ見せに往《い》つた。わたくしは此《この》崖をも此小家《このこいへ》をも兼《か》ねて知つてゐたが、まだ父程《ほど》に心を留《と》めては見なかつたのである。眺望は好《い》い。家は市隠《しいん》の居処《きよしよ》とも謂《い》ふべき家である。

ここで特に注目したいのは、鷗外がこの小さな家を、「市隠《しいん》の居処《きよしよ》とも謂《い》ふべき家」と捉えていたことである。右に引用しなかった部分には、「小家は三間《みま》に台所が附《つ》いてゐる。三間は六畳に、三畳に、四畳半で、四畳半は茶室造《ちやしつづくり》である」とも書かれている。鷗外は明治二十五年一月、数えの三十一歳の時、ここに引っ越して、両親と同居した。同年八月には増築して観潮楼を建て、以後、大正十一年に数えの六十一歳で没するまでの三十年間を、ここで過ごした。

陸軍省に勤務しながら文学活動を行った鷗外は、自宅の二階で「観潮楼歌会《かんちようろうかかい》」を主宰し、根岸短歌会（アララギ派）と新詩社（明星派）の歌人たちの集いと融和の場所とした。このような生き方は、先に見た大田南畝とも通じるものが感じられる。南畝と同じく鷗外もまた、公務と文学を二つながら自らの人生としたのであった。そのような鷗外にとって観潮楼が、「市隠の居処」のような環境にあったことは、彼の心の中に「市中の隠」を志向する気持ちがあったということであろう。その気持ちに、この住まいはよく適《かな》うものであった。

鷗外の住まいは、永井荷風《かふう》や、鷗外の長女・森茉莉《まり》によって、それぞれの視点から描かれることになる。それらの記述を通して、鷗外の閑居生活の一端を垣間見《かいまみ》ることができる。

市中の隠者

永井荷風は『日和下駄《ひよりげた》』の「崖」の章で、「根津の低地から弥生ケ岡《やよひがをか》と千駄木の高地を仰《あふ》げばここもまた絶壁である。絶壁の頂《いただき》に添《そ》うて、根津権現の方から団子坂の上へと通ずる一条の路《みち》がある。私は東京中の往来の中《うち》で、この道ほど興味ある処《ところ》は無《な》いと思つてゐる」と書いている。そして、この道のほとりにある森鷗外の住まいを訪れた時の印象を次のように記している。その部分を、引用しよう。

当代の碩学《せきがく》森鷗外先生の居邸《きよてい》はこの道のほとり、団子坂の頂《いただき》に出ようとする処《ところ》にある。二階の欄干に彳《たたず》むと市中の屋根を越して遙《はるか》に海が見えるとやら、然《しか》るが故《ゆゑ》に先生はこの楼を観潮楼と名付けられたのだと私は聞伝《ききつた》へてゐる。（団子坂をば汐見坂《しほみざか》といふ由《よし》後に人より聞きたり）。度々《たびたび》私はこの観潮楼に親しく先生に見《まみ》ゆるの光栄に接してゐるが多くは夜になつてからの事なので、惜しいかな一度《ひとたび》もまだ潮《うしほ》を観《み》る機会がないのである。その代《かは》り、私は忘れられぬほど音色の深い上野の鐘を聴《き》いた事があつた。日中《につちゆう》はまだ残暑の去りやらぬ初秋《しよしう》の夕暮であつた。先生は大方《おほかた》御食事中でもあつたのか、私は取次《とりつぎ》の人に案内されたまま暫《しば》くの間唯《ただ》一人この観潮楼の上に取残《とりのこ》された。楼はたしか八畳に六畳の二間《ふたま》かと記憶してゐる。一間《いつけん》の床《とこ》には何かいはれの有るらしい雷《らい》といふ一字を石摺《いしずり》にした大幅《たいふく》がかけてあつて、その下には古い支那の陶器と想像せられる大きな六角の花瓶《くわへい》が、花一輪さしてない為《た》めに、却《かへつ》てこの上もなく厳格に又冷静に見えた。座敷中にはこの床の間の軸と花瓶の外《ほか》は全く何一つ置いてないのである。額《がく》もなければ置物《おきもの》もない。（中略）

鐘の音《ね》は長い余韻の後《あと》を追掛《おひか》け追掛け撞《つ》き出されるのである。その度毎《たびごと》にその響《ひびき》の湧出《わきいづ》る森の影は暗くなり低い市中の燈火は次第に光を増して来ると馬車の声は嵐のやうに却《かへつ》て高く、軈《やが》て鐘の音《ね》の最後の余韻を消してしまつた。私は茫然として再びがらんとして何物も置いてない観潮楼の内部を見廻《みまは》した。そして、この何物もない楼上から、この市中の燈火を見下《みおろ》し、この鐘声とこの馬車の響をかはるがはるに聴澄《ききす》ましながら、わが鷗外先生は静《しづか》に書を読み又筆を執《と》られるのかと思ふと、実にこの時ほど私は先生の風貌をば、シャワンが壁画中の人物同様神秘に感じた事はなかつた。

荷風の一種漢文的な文章によって、静寂と厳格な清潔感に満ちた観潮楼の二階の和室が、まるで禅室のようなたたずまいとして描かれている。夜の闇を渡って波が打ち寄せるごとく響き渡る寺院の鐘の音、燈火燦《きら》めく市中。その音を聴き、光を見下ろし、繙読・執筆する「市中の隠者」は、しかし、昼間は陸軍省に勤務する軍医である。今引用した直後に書かれているのは、「金巾《かなきん》の白い襯衣《しゃつ》一枚」を着て、「その下には赤い筋のはひつた軍服のヅボン」姿で、気軽に二階に上がってきた鷗外の姿だった。

このあたりの生き生きとした描写は、室内のたたずまいに象徴される鷗外の持つ超俗性と、軍服姿に象徴される公人性と、訪問客の荷風に対する闊達な応対に端的に表れる人間性の三者を同時に捉えている。そして、この三者の中でもとりわけ、室内に漂う、張りつめた厳しい精神性に、鷗外の文学者としての姿が見事に象徴されている。

「大方《おほかた》は、家居《いへゐ》にこそ、事様《ことざま》は推《お》し量《はか》られ」（『徒然草』第十段）という言葉が、思い起こされる。

なお、床の間の「雷」という掛け軸は、観潮楼を訪れた文学者たちに強い印象を与えたようで、歌人の吉井勇《よしいいさむ》も「そのむかし観潮楼の床《とこ》に見し雷《らい》の一字を忘れかねつも」という短歌を詠んでいる。また、荷風が連想した「シャワン」とは、フランスの画家シャヴァンヌのことである。

閑居と交友

「市中の隠者」としての鷗外には、同時に自宅での文学的な交友も楽しんだ一面があり、そのことは「観潮楼歌会」によく表れている。その時の模様を、鷗外の長女・森茉莉が、回想記『幼い日々』で、「時々、観潮楼歌会といふのがあつて、二階の観潮楼に大勢の人が集まつて、夜遅くまで賑《にぎ》やかに笑つたり、話したりしてゐた」と書いて、次のようにその情景を描いている。

軍服を着た父は、あぐらをかいた右膝に葉巻を持つた手を置き、背を屈《かが》めるやうにして、肩と膝を小刻《こきざ》みに揺すつて笑つてゐる。私は父の傍《そば》へ行つて坐《すわ》り、紙を貰《もら》つて字を書いたり、絵を描《か》いたりした。人々は、何か考へたり、書きつけたりし始める。さういふ時には、ぼつぼつ話す声や、軽い短い笑ひが、そつちこつちに起こるだけだ。祖母や母が出て来たりすると人々は静かになつて、一寸《ちよつと》話をしたりしたが、女の人が行つてしまふと又待つてゐたやうに熱心に考へたり、書いたりし出《だ》し、やがて又《また》腕を組み、肩や膝をゆすり、咽喉《のど》を動かしなぞして、どよめくやうな笑ひ声の波を立てるのだつた。

ここには、あの大田南畝の『巴人亭記《はじんていき》』のような文人たちの交友がある。鷗外は「市中の隠者」として、決して孤独な一人だけの世界にいたわけではなく、このような友人たちとの交友にも、閑居の楽しみを見出していたのだった。

本章では、漱石と鷗外という、近代を代表する二人の文豪の住居観を考えた。二人とも、市中の隠者のような側面があり、彼らの心の中には、市隠への憧憬が感じられる。そのような思いが、近代を代表する小説群を生み出した文学者の心の奥深くに、宿っていたのだった。

第九章

近代の散策記

佐藤春夫から野田宇太郎まで

近代文学の中の散策記

第五章で木下長嘯子《ちょうしょうし》を取り上げた際に、彼の『大原記』を「散策記」と名づけた。自分の住まいの周辺を散策し、身近な自然に触れたり名所を訪ねたりしたことを書き著した作品を、本書では試みに「散策記」と定義したのである。

古来、文学において旅は大きなテーマであった。名高い歌枕を訪ねて、何日もかけて遠くまで旅をして、旅の情景を書く紀行文は、文学の世界で一つの重要なジャンルを占めている。そのような本格的な旅の文学に対して、『方丈記』にも既に出てくるが、自分の家の近隣・近郊を歩き、その感興を書き記すのは、滋味に富んだ一つの文学領域として認定してもよいのではないだろうか。

もちろん、文学作品というものは、その中のある一つの主題によって、その全体を代表させせることが可能であるような、単純なものではない。すぐれた作品であればあるほど、その作品が内包している要素は多様である。したがって、ある名称によって作品を定義づけることは、ともすれば、その作品の一面のみを強調することになり、それ以外のさまざまな要素がこぼれ落ちてしまう懼《おそ》れもある。ただし、そのような命名行為によって、今まで何気なく、個別に読んできた作品が、緩やかではあるがある大きな文学上の系譜となって、新鮮に目の前に立ち顕れることがある。

佐藤春夫の散策記

それでは、近代文学の中から、どのような作品を「散策記」として取り上げることができるであろうか。まず最初に、古典文学との関連性を持つ二つの短編を概観してみよう。

佐藤春夫の『西班牙犬《スペインけん》の家』（一九一六年）は、晩春の散歩の途中で偶然見つけた不思議な家のことを描いた短編である。覗《のぞ》き込んだ室内の真ん中に水盤があり、そこから水が溢れ出している家の構造といい、真黒な西班牙犬が人間に変身して読書する最後の場面といい、「夢見心地になることの好きな人々の為《た》めの短篇」という副題通りの、夢幻的な小説である。

一方、この作品の枠組みを大きく捉えるならば、晩春の散歩の途中で、風情《ふぜい》のある家に心惹《ひ》かれ、その家の主人が読書する姿を垣間見るという構図になる。この基本構図は、そのまま『徒然草』第四十三段と重なる。

春の暮《く》れつ方《かた》、長閑《のどやか》に艶《えん》なる空に、賤《いや》しからぬ家の、奥深く、木立《こだち》、物古《ものふ》りて、庭に散り萎《しを》れたる花、見過《みす》ぐし難《がた》きを、差し入《い》りて見れば、南面《みなみおもて》の格子《かうし》、皆下《お》ろして寂しげなるに、東に向きて、妻戸《つまど》の良き程《ほど》に開《あ》きたる、御簾《みす》の破《やぶ》れより見れば、容貌《かたち》清げなる男《をとこ》の、年《とし》、二十歳《はたち》ばかりにて、打《う》ち解《と》けたれど、心憎《こころにく》く、長閑《のどやか》なる様《さま》して、机の上《うへ》に、文《ふみ》を繰《く》り広げて、見居《みゐ》たり。
如何《いか》なる人なりけむ、尋《たづ》ね聞かまほし。

『徒然草』第四十三段は、兼好の体験談を書いたもので、この段は一編の「散策記」と言えよう。晩春の頃、ふと目にとまった心惹かれる住まい。庭には、桜の花が散り敷き、木立も大きく育っている。見過ごしがたく思って、建物に近づいてみると、美しい青年がうちくつろいで、静かに読書している。この青年の姿に視点を移してみれば、この段は趣味のよい住まいでのゆったりとした暮らしぶりが、一種の「閑居記」となっている。

もう一例、挙げよう。芥川龍之介の『悠々荘《ゆうゆうそう》』（一九二七年）も、やはり近隣の散歩の途中で目に止まった家のたたずまいを描く。ただし、この家は既に廃屋になっており、庭も荒れ果てている。その意味では、「散策記」であると同時に、「廃園記」でもある。

そのうちに僕等《ぼくら》は薄苔《うすごけ》のついた御影石《みかげいし》の門の前へ通りかかつた。石に嵌《は》めこんだ標札には「悠々荘」と書いてあつた。が、門の奥にある家は、——茅葺《かやぶ》き屋根の西洋館はひつそりと硝子窓《ガラスまど》を鎖《とざ》してゐた。僕は日頃この家に愛着《あいぢやく》を持たずにはゐられなかつた。それは一つには家自身のいかにも瀟洒としてゐるためだつた。しかし又その外にも荒廃を極めたあたりの景色に——伸び放題伸びた庭芝や水の干上《ひあが》つた古池に風情の多いためもない訳ではなかつた。

この小品は、今はもう住んでいないこの家の主人がどのような人物であり、いつから廃屋となっているのか、一緒に散歩している友人たちと推測し合う展開になっており、一種の推理小説的な側面もある。庭の花の咲き具合や地面に落ちている土、硝子窓から覗き込んだ部屋の中の薬壜などを手掛かりに、この別荘の主人についていろいろ想像を巡らしている。『徒然草』第四十三段の末尾では、兼好が「如何《いか》なる人なりけむ、尋《たづ》ね聞かまほし」と独白するのに留まっていたが、この作品では一歩進めて、住人について想像をめぐらす展開である。

これらの小品に典型的に表れているように「散策記」は、日常の中でふと目にした心惹かれる情景を描くが、その情景に深入りすることなく、ある種の距離感を持って作品化する点が特徴と言えるかもしれない。

『徒然草』第四十三段や『悠々荘』の末尾と同様に、『西班牙犬の家』も末尾は、「ぽかぽかとほんたうに温い春の日の午後である。ひつそりとした山の雑木原のなかである」と結ばれ、この不思議な家とその主人の正体を、それ以上は追求しない。

これらのような「散策記」は、日常の自分の住まいの領域を確保したうえで、そこからのしばしの逸脱を図るが、散策によってそれまでの生活に激変をもたらすような展開にはならない。逆に言えば、散策によって、全く違った世界に行き着いてしまう作品は「散策記」の範疇《はんちゅう》には入らないと定義することによって、「散策記」は「住まいの文学」の一領域に収まる。つまり、散策はあくまでも自分自身の住まいの延長である。住まいの文学をたどっている本書で、「散策記」を取り上げるゆえんである。

『田園の憂鬱』と隠遁文学

先に、佐藤春夫の『西班牙犬の家』が『徒然草』第四十三段と、一脈通じる構造であると述べた。住まいを描いた佐藤春夫の作品には、『方丈記』や『徒然草』と深い関連を持つものがある。それらは「散策記」ではないが、ここで佐藤春夫の作品をさらにいくつか取り上げて、近代文学と古典の繋がりに注目してみたい。

『田園の憂鬱《ゆううつ》』は、一見、いかにも近代社会における憂鬱と倦怠に満ちた精神を描き出しているかのように見える。実際、巻頭にはエドガー・アラン・ポーの詩句が掲げられているし、後述する詩人の西脇順三郎は、この作品の家の描写を、ポーの『ランドーの農家』（『ランダーの別荘』）や『アッシャー家の没落』（『アッシャー家の崩壊』）と重ね合わせている。

しかし、後年、佐藤春夫自身が、「東洋古来の文学の伝統的主題となったところのものを近代欧洲文学の手法で表現してみたいという試みによって書かれたこの田園雑記、なま若い隠遁者の手記」（昭和二十六年の岩波文庫版「あとがき」）と書いているように、『田園の憂鬱』には中世の隠遁文学と通底するものがある。そのことが典型的に表れている箇所を、いくつか挙げてみよう。

> 一《いつ》たい、彼が最初にこんな路《みち》の上で、限りなく楽しみ、又珍らしく心のくつろいだ自分自身を見出《みいだ》したのは、その同じ年の暮春の或《あ》る一日であつた。こんな場所にこれほどの片田舎があることを知つて、彼は先《ま》づ愕《おどろ》かされた。（中略）「帰れる放蕩息子《はうたうむすこ》」に自分自身をたとへた彼は、息苦しい都会の真中《まんなか》にあつて、柔かに優しいそれ故《ゆゑ》に平凡な自然のなかへ、溶け込んで了《しま》ひたいといふ切願を、可《か》なり久しい以前から持つやうになつて居《ゐ》た。

主人公が武蔵野の南端に、自分の理想に適《かな》う場所を見出した場面である。理想の住まいは、まずその立地が重要であることは、本書で今までに見てきた住居記に共通している。だからこそ、『方丈記』を初めとする多くの住居記は、住まいの建物だけでなく、それが位置する場所を書いてきた。そのうえで、住まいの構造や、室内の描写、周囲の自然などにも筆を及ぼすのである。

主人公と妻の二人は、かつて、ある隠居が住んでいた、菅《すが》で葺《ふ》いた屋根を持つ家を一目で気に入る。しかしその家は、「茂るにまかせた樹樹《きぎ》の枝のなかに埋《うづ》められて、茂るにまかせた草の上に置かれてあつた」とあるような、廃園の中に建つ廃屋だった。けれども、そのような住まいこそが主人公の気持ちに適うものであり、「彼はこの家の周囲から閑居とか隠棲《いんせい》とかいふ心持《こころもち》に相応《さうおう》した或《あ》る情趣を、幾つか拾ひ出し得て」いた。そして、いよいよ、この廃屋を自分たちの住まいとすべく整備する。

久しく無住だった家を片付けてそこに住まうというのは、芭蕉の『幻住庵記《げんじゆうあんのき》』を思わせる。芭蕉もまた、「蓬《よもぎ》・根笹《ねざさ》、軒を囲み、屋根漏《も》り、壁落ちて、狐狸《こり》、臥所《ふしど》を得たり」という状態の「住み捨てし草の戸」を、暫《しば》しの住まいとしたのだった。

「やつと家らしくなつた。」彼《か》の女《ぢよ》は同じ事を重ねて言つた。「畳は直《す》ぐかへに来るといふし……。でも、私はほんたうに厭《いや》だつたわ、をとつひ初めてこの家を見た時にはねえ。こんな家に人間が住めるかと思つて。」

「でも、まさか狐狸《こり》の住家《すみか》ではあるまい。」

「でもまるで浅茅《あさぢ》が宿《やど》よ。でなけや、こほろぎの家よ。あの時、畳の上一面にぴよんぴよん逃げまはつたこほろぎはまあどうでせう。恐《おそろ》しいほどでしたわ。」

「浅茅が宿か、浅茅が宿はよかつたね。……おい、以後この家を雨月草舎と呼ばうぢやないか。」

(彼等《かれら》二人は——妻は夫の感化を受けて、上田秋成を讃美して居《ゐ》た。)

夫の愉快げな笑ひ顔を、久しぶりに見た妻はうれしかつた。

閑居記の背景

ここで彼らが話題としているのは、芭蕉ではなくて上田秋成である。秋成の『雨月物語』の中の一編のタイトルが、『浅茅が宿』である。彼らは、荒廃した住まいに感興を催している。

こうして、理想の住まいでの暮らしが始まるかに見えたが、初秋になって、長雨に降り籠《こ》められる場面が出てくる。「或《あ》る夕方から降りだした雨は、一晩明けても、二日経《た》つても、三日経《た》つても、なかなかやまなかつた。始めの内《うち》こそ、それらの雨に或《あ》る心持《こころもち》を寄せて楽しんで居《ゐ》た彼も、もうこの陰気な天候には飽き飽きした。それでも雨は未《ま》だやまない」。主人公の精神の疲弊と倦怠は、癒されない。

長雨に降り籠められて、なすこともなく毎日を過ごす無聊《ぶりよう》と倦怠こそは、まさに「つれづれ」な状態である。『田園の憂鬱』の全編にわたって横溢する、自己の内面と向き合う精神の葛藤は、『方丈記』や『徒然草』が切り開いた文学の領域でもあった。自然に囲まれた、自分の理想の住まいでの閑居生活の中から立ち上がってくるのは、そこでの生活の楽しさや満足感であるよりも、このような精神の葛藤であった。このような点が、『田園の憂鬱』の本質であるとするならば、この作品は閑居記の装いの下に、『方丈記』や『徒然草』が持っていたような、自分自身の心の本質を深く見つめる文学と、遥かに時代を隔てて通底しているのである。

『美しき町』と『発心集』

佐藤春夫の作品に見る隠遁文学との関わりは、さらに『美しき町』にも見出せる。『美しき町』は、自分好みの一軒の家を作る話ではなく、理想の町全体を作るというスケールの大きな話であるが、そこに登場する建築技師の人物設定に注目したい。

さうして孝行な息子があつて、医学者になつて彼を養つてくれる間に、どうかして一生に一度自分の気に入つたやうな家を一つは建てて見たいと、そればかりを夢想しつづけながら、頼む人もなく、建てる土地もないのに、彼はさまざまな頼み手とさまざまなそれが建てらるべき土地とを彼の心のなかに見出しては、それをいつもこつこつと一軒一軒設計しては楽《たのし》んだ。それらの紙上建築がもう五十軒近くもある程《ほど》である。さうして彼はそれらのいつの間《ま》にやらもう、髪の白い老建築技師になつて居《ゐ》たといふ。（何といふ浦島太郎であらう。）家人たちはこの老人にこの奇妙な熱心を捨てさせようと試みるさうである。しかし彼は、どうにかして彼の一生のうちに彼の考へた家の一つをでもこの本当の地上に建てて見たい、さう言ふのが彼のもう僅《わづ》かしか無いであらう一生の願望である、と彼自身で言つた。

今引用した部分は、第二章で紹介した『発心集《ほっしんしゅう》』の、「貧男、差図《さしず》を好む事」と非常によく似た話ではないだろうか。ただし、この作品は従来、ポーの作品、たとえば『アルンハイムの地所』などからの影響が指摘されており、佐藤春夫自身も「幽玄の詩人ポオ」の中で、「わたくし自身の好みを言はせてもらふとすれば、『アルンハイムの地所』や『ランダーの別荘』のやうなものを挙《あ》げたいと思ふ」と述べている。したがって、あまり『発心集』との関連を強調できないかもしれないが、佐藤春夫には、『方丈記』『徒然草』に関する評論や現代語訳、長明と兼好を対比した評論などもあり、近代文学者の中でも、中世隠遁文学との関わりが深いことは事実である。

永井荷風の散策記

近代文学において、散策という行為を積極的に捉えた文学者に、永井荷風《かふう》がいる。彼はそのことを『日和下駄《ひよりげた》』(大正三年から四年にかけて、『三田文学』に掲載)で明確に述べている。彼の場合、散策するのは東京市中であった。この作品の題名は『日和下駄 一名 東京散策記』であり、「散策記」という言葉を含むことに注目したい。荷風は、東京市中から失われつつある過去を追憶する。

今日《こんにち》東京市中の散歩は私の身に取つては生《うま》れてから今日に至る過去の生涯に対する追憶の道を辿《たど》るに外《ほか》ならない。之《これ》に加ふるに日々《にちにち》昔ながらの名所古蹟を破《は》却《きやく》して行く時勢の変遷は市中の散歩に無常悲哀の寂しい詩趣を帯びさせる。およそ近世の文学に現れた荒廃の詩情を味《あぢは》はうとしたら埃及《エヂプト》伊太利《イタリー》に赴かずとも現在の東京を歩むほど無残にも傷ましい思《おもひ》をさせる処《ところ》はあるまい。今日看《けふみ》て過ぎた寺の門、昨日《きのふ》休んだ路傍《ろぼう》の大樹も此次《このたび》再び来る時には必《かならず》貸家か製造場《せいざうば》になつてゐるに違ひないと思へば、それほど由緒《ゆかり》のない建築も又はそれほど年経《としへ》ぬ樹木とても何とはなく奥床《おくゆか》しく又悲しく打仰《うちあふ》がれるのである。（中略）

江戸の風景堂宇《だうう》には一として京都奈良に及ぶべきものはない。それにも係《かかは》らず此《こ》の都会の風景は此《こ》の都会に生《うま》れたるものに対して必ず特別の興趣を催させた。それは昔から江戸名所に関する案内記狂歌集絵本の類《たぐひ》の夥《おびただ》しく出板《しゆつぱん》されたのを見ても容易に推量する事が出来る。太平の世の武士町人は物見遊山《ものみゆさん》を好んだ。花を愛し、風景を眺め、古蹟を訪《と》ふ事は即ち風流な最も上品な嗜《たしな》みとして尊ばれてゐたので、実際には其程《それほど》の興味も持たないものも、時には此《これ》を衒《てら》つたに相違ない。

（中略）

然《しか》るに私は別に此《これ》と云《い》つてなすべき義務も責任も何もない云《い》はば隠居同様の身の上である。その日その日を送るに成《な》りたけ世間へ顔を出さず金を使はず相手を要《え》せず自分一人で勝手に呑気《のんき》にくらす方法をと色々《いろいろ》考案した結果の一ッが市中のぶらぶら歩きとなつたのである。

やや長い引用になったが、自分のことを「隠居同様の身の上」と規定する荷風は、市中に住まいながら隠遁者の心を持って、現実社会と対峙している。そして、かつての江戸に暮らしていた人々の、江戸への愛着に思いを馳せている。おそらくその胸裏には、大田南畝のことも去来していたことだろう。

『日和下駄』の「崖」では、自分が生まれ育った東京・小石川あたりの情景を感慨深く描くと共に、大田南畝が書いた目白から牛込あたりにかけての文章を引用している。しかもそこで引用されている南畝の文章には、第五章で取り上げた北村季吟《きぎん》（再《さい》昌院《しょういん》）の疏儀荘《そぎそう》のことが書かれている。ちなみに、第六章で触れたように、大田南畝（蜀山人）は小石川に住んでいたことがあった。

目白の眺望は既に蜀山人の東豊山《とうほうざん》十五景の狂歌にもある通り昔からの名所である。蜀山人の記に曰《いは》く

東豊山新長谷寺目白不動尊のたたせ玉《たま》へる山は宝永の頃再昌院法印のすめる関口の疏儀荘よりちかければ西南にかたぶく日影に杖をたてて時しらぬ富士の白雪をながめ千町《せんちやう》の田面《たのも》のみどりになびく風に涼みてしばらくいきをのぶとぞ聞《きこ》えし（下略）

このような記述からも、季吟・南畝・荷風という、文学者たちの「散策」の系譜が浮かび上がってくる。

大名庭園の荒廃

『日和下駄』には、かつての大名庭園の荒廃が、次のように書かれている。

戸川秋骨君《とがはしうこつ》が『そのままの記』に霜の戸山ヶ原《とやまがはら》といふ一章がある。戸山ヶ原は旧尾州侯御下屋舗《きうびしうこうおしもやしき》のあつた処《ところ》、その名高い庭園は荒されて陸軍戸山学校と変じ、附近は広漠たる射的場《しやてきば》となつてゐる。この辺豊多摩郡《あたりとよたまごほり》に属し近き頃まで杜鵑花《つつじ》の名所であつたが、年々《ねんねん》人家稠密《ちうみつ》して所謂《いはゆる》郊外の新開町《しんかいまち》となつたに係《かかは》らず、射的場のみは今猶《なほ》依然として原のままである。(「閑地《あきち》」)

市中《しちゆう》を散歩しつつ此《こ》の年代の東京絵図を開き見れば諸処《しよしよ》の重立《おもだ》つた大名屋敷は大抵《たいてい》海陸軍の御用地となつてゐる。下谷佐竹《したやさたけ》の屋敷は調練場《てうれんば》となり、市ヶ谷と戸塚村なる尾州侯の藩邸、小石川なる水戸の館第《くわんてい》も今日吾々《こんにちわれわれ》の見る如く陸軍の所轄《しよかつ》となり名高き庭苑も追々《おひおひ》に踏み荒されて行《ゆ》く。鉄砲洲《てつぱうず》なる白河楽翁公《しらかはらくをうこう》が御下屋敷の浴恩園《よくおんゑん》は小石川の後楽園と並んで江戸名苑の一に数へられたものであるが、今は海軍省の軍人ががやがや寄集《よりあつま》つて酒を呑《の》む倶楽部《くらぶ》のやうなものになつてしまつた。(「地図」)

しかし、このような記述があることによって、そこにかつてあった大名庭園の豪奢と幻想が一瞬なりとも現前するのである。そして、そこにこそ、失われた景観の再生へ向けての言葉への信頼、言い換えれば、言葉によってありありと現前させる文学行為へ託す文学者の思いが、垣間見られるのではないだろうか。

雑草への愛着

永井荷風の『日和下駄』では、失われた江戸の景観を描くだけではなく、路傍の雑草への愛好も語られている。

> 私は雑草が好きだ。菫《すみれ》蒲公英《たんぽぽ》のやうな春草《はるくさ》、桔梗《ききやう》女郎花《をみなへし》のやうな秋草にも劣らず私は雑草を好む。閑地《あきち》に繁る雑草、屋根に生ずる雑草、道路のほとり溝《どぶ》の縁《ふち》に生ずる雑草を愛する。閑地は即ち雑草の花園である。「蚊帳釣草《かやつりぐさ》」の穂の練絹《ねりぎぬ》の如《ごと》くに細く美しき、「猫じやらし」の穂の毛よりも柔《やはらか》き、さては「赤の飯《まま》」の花の暖《あたたか》さうに薄赤《うすあか》き、「車前草《おほばこ》」の花の爽《さはやか》に蒼白《あをじろ》き、「蘩蔞《はこべ》」の花の砂よりも小《ちひさ》

くして真白なる、一ツ一ツに見来《みきた》れば雑草にもなかなかに捨てがたき可憐なる風《ふ》情《ぜい》があるではないか。然《しか》しそれ等《ら》の雑草は和歌にも咏《うた》はれず、宗達光琳《そうたつくわうりん》の絵にも描かれなかつた。独《ひと》り江戸平民の文学なる俳諧と狂歌あつて始めて雑草が文学の上に取扱《とりあつか》はれるやうになつた。

これは、『日和下駄』の「閑地」の一節であるが、東京市中を散策しながら道端や空き地の雑草に目を留める心の余裕と繊細さも、散策記なればこそであろう。このような記述を読むと、かつて取り上げた室町時代の連歌師・牡丹花《ぼたんか》肖柏《しょうはく》の『三愛記《さんあいのき》』でも草花への愛好が記されていた。第四章では、その部分の原文自体は引用していなかったので、ここに改めて当該箇所を示そう。

『三愛記』の、「春の道芝《みちしば》に交《ま》じる小草《をぐさ》にも心を留《とど》め、夏の茂みを分《わ》け、賤屋《しづや》の垣根に結ぼほれたる茨《うばら》の上《うへ》をも見捨てず、霜枯《しもが》れの野《の》らに残る一花《ひとはな》までも袖を触れずといふ事無《ことな》し」という部分が、荷風の言葉と時を隔てて、響き合っている。『徒然草』第十三段の言葉を用いれば、荷風にとっての肖柏は「見ぬ世の友」であろう。

荷風と住まい

「散策記」を、自分の住まいから近郊へ出かけて散策する半日を描くスタイルであるとすれば、北村季吟の『疏儀荘記《そぎそうき》』がそうだったように、「散策記」の末尾が帰宅をもって閉じられる時に、最も「散策記」らしい書き方となる。

大正十三年に書かれた『礫川徜徉記《れきせんしょうようき》』は、かつて生まれ育った小石川を荷風が散策して大田南畝の墓に詣でたり、寺や坂をたどりながら昔を偲ぶ「散策記」である。「礫川」とは、小石川のこと。「徜徉」は「逍遥」と同じ意味で、散策することである。この作品の末尾は、「神楽坂《かぐらざか》を下り麴町《かうぢまち》を過ぎ家に帰れば日全《まつた》く昏《くら》し。燈を挑《かか》げて食後戯《たはむれ》にこの記をつくる。時に大正十三年甲子《かうし》四月二十日也」と書かれている。ここで、末尾に日付を明記しているのは、『方丈記』を思わせる。

この頃の荷風の家は、「偏奇館《へんきかん》」と名づけた、麻布《あざぶ》の住まいだった。荷風は大正九年（一九二〇）以来、ここに隠棲し、一人暮らしを続けた。「家に帰れば」とあるのは、この住まいのことである。この住まいのたたずまいは、『鐘の声』というエッセイにも、印象的に書かれている。

住みふるした麻布の家の二階には、どうかすると、鐘の声の聞《きこ》えてくることがある。

鐘の声は遠過ぎもせず、また近すぎもしない。何か物を考へてゐる時でもそのために妨げ乱されるやうなことはない。そのまま考《かんがへ》に沈みながら、静《しづか》に聴《き》いてゐられる音色《ねいろ》である。（中略）

わたくしの家は崖の上に立つてゐる。裏窓から西北の方に山王《さんわう》と氷川《ひかは》の森が見えるので、冬の中《うち》西北の富士おろしが吹きつづくと、崖の竹藪や庭の樹《き》が物すごく騒ぎ立てる。窓の戸のみならず家屋を揺《ゆ》り動《うごか》すこともある。

「偏奇館」の立地といい、響き渡る鐘の声といい、あたかも第八章で引用した、荷風による森鷗外の「観潮楼」訪問記の記述を思わせはしないだろうか。荷風もまた、鷗外と同様の「市中の隠者」の一人だったのである。

西脇順三郎の散策記

永井荷風が雑草への愛着を書いていたように、詩人の西脇順三郎《にしわきじゅんざぶろう》もまた、雑草への愛着が深かった。彼のエッセイ集『野原をゆく』には、「いつの頃にか私は東京のコンクリートの街上をうつむいて歩いていた時、殆《ほとん》ど晴天のへきれきの如《ごと》く雑草のきらめきを知った」、「また雑草の美は失望した世の旅人の眼の中にのみ存在する」（共に「雑草の美学」）、「私は東京の郊外や市内を歩いて荒地や路傍に生《は》えている雑草雑木生垣《いけがき》をみることを楽しみにしている。そういう雑草や雑木は江戸時代でも同じく生えていたのだと思うと感慨無量になる」（「雑草考」）などという言葉が見える。なお、「晴天のへきれき」は、普通は「青天の霹靂」と書く。

西脇順三郎が東京の市内や近郊を散策して、雑草に心を留めるというのは、彼自身がいみじくも述べていたように、「江戸時代でも同じく生えていた雑草」を通して、今はもう失われている過去の景観を透視するからであろう。おそらく道端の雑草は、江戸が武蔵野と呼ばれていた茫漠《ぼうばく》たる野原だった頃の記憶とも遠く繋がっている。

西脇順三郎の詩集『旅人かへらず』も、多摩川に沿った武蔵野が重要な舞台となっており、その意味で、順三郎の散策は、武蔵野の復権として位置づけられる。なぜなら、国木田独歩《くにきだどっぽ》が『武蔵野』の第三章の冒頭で、「昔の武蔵野は萱原《かやはら》のはてなき光景を以《もつ》て絶類の美を鳴らして居《ゐ》たやうに言ひ伝へてあるが、今の武蔵野は林である。林は実に今の武蔵野の特色といつても宜《よ》い」と述べて、「雑木林の武蔵野」のイメージを決定づけたことを越えて、それ以前のもっと古い、行けども果てぬ草原の武蔵野の風景を再生させているからである。

「文学散歩」という創出

西脇順三郎の代表的詩集『旅人かへらず』は、東京出版から昭和二十二年八月に刊行されている。詩人・野田宇太郎《のだうたろう》の日記『桐後亭日録《とうごていにちろく》』昭和二十一年十二月二十五日には、「三時過ぎ西脇順三郎さんが来訪、『旅人かへらず』といふ詩を書いてゐると云《い》はれた」とある。野田は、一月に出版編集の全責任者として東京出版に入社していたが、彼は既に昭和十六年に小山書店から下村湖人《こじん》の『次郎物語』を刊行し、ベストセラーを生み出した経験を持つ編集者でもあった。

野田宇太郎は昭和二十六年に、自著『新東京文学散歩』を刊行し、この書によって、

「文学散歩」という新しいスタイルが誕生した。その「かどで」に野田は次のように書き、文学散歩の意義を宣言している。

（上略）私はとある冬の日に、新しい東京の文学散歩を思ひ立つた。昭和二十五年某日《ぼうじつ》のことである。近代文学の足跡を求めて、と云《い》はうか、それとも、心のあとを求めてと云《い》はうか。それはどちらでもよい。私は東京生《うま》れではないから、懐古の情にのみ誘はれて歩かうとするわけでもない。云《い》ふならば、過去を惜しむ、又、冢中《ちようちゆう》枯骨《ここつ》を拾ふ代《かは》りに、冢中宝玉《ほうぎよく》を求むる気持《きもち》からである。
私は着古《きふる》した破れ外套《ぐわいたう》のポケットに黄色の鉛筆一本と、小さな手帳、それに一冊の新東京地図といふのをしのばせた。これがすべてである。履《は》き馴れた日和《ひより》下駄《げた》に蝙蝠傘《かうもりがさ》といふあの三十六年前の「日和下駄」の雅士《がし》とはくらぶべくもない私の心と姿である。日和下駄の緒《を》ならぬ、靴の紐を締め直して、折からの木枯に思はず外套の襟《えり》をかき立てたのである。

かつての美しい文化が荒廃して、墓（塚）のようになった近代都市の「冢中《ちようちゆう》」から、

「宝玉」を復活させたいという願いが、野田を動かしていた。ここに、永井荷風の『日和下駄』を強く意識しつつも、「近代文学の足跡を求めて」とあることによって、近代以前の江戸の面影を偲ぶ荷風の散策記とも、また武蔵野の野原を行く旅人のような西脇順三郎とも違う、「文学散歩」という新たな近代の散策記が誕生した。

『方丈記』に描かれた「近郊の歌枕探訪」を始発とし、江戸時代の「閑居と散策」を経て、近代文学の舞台を「新しい歌枕」と認識する時代が、ここに到来したのである。

◉第十章

草庵記の継承

森茉莉の世界

森茉莉の観潮楼での日々

近代文学に『方丈記』の名を冠する作品が散見される現象については、第八章の冒頭で簡単に触れた。それでは、現代文学では、どうなのだろうか。この問題について、本章では、森茉莉《まり》の人生をたどりながら、彼女の住居歴と、作品世界に描かれた住まいの双方から考えたい。森茉莉の著作の中に、『方丈記』に関する言及が顕著であるわけではない。けれども彼女の作品を読むと、『方丈記』が切り開いた「住まいと人生の文学」が、現代においても継承されていることがわかるからである。

森茉莉は、森鷗外の長女として、明治三十六年（一九〇三）に、東京市本郷区駒込千駄木町に生まれた。この千駄木町の鷗外の住まいについては、既に取り上げた。その際に、森茉莉のエッセイ『幼い日々』を引用して、観潮楼歌会の様子も紹介した。このエッセイには、幼年時代の回想が、生まれ育った千駄木の家の記憶と共に描かれており、住まいとしての観潮楼の記録という側面も持つ。その中の一節を、引用してみよう。

千駄木の家は広くて東から西へ、幾度も曲《まが》つては続く廊下に沿つて、幾つもの部屋が並んでゐる、鉤《かぎ》なりの細長い家だつた。南側は冬でも青い葉が空を蔽《おほ》つてゐる常磐木《ときはぎ》の庭、北側は花樹と草花の庭で夏は花で埋《うづ》まり、野分《のわき》が吹くと、一杯の花や茎が雨の飛沫《しぶき》の中で重い音をたてて、揺れた。

この部分は、建物の形状と庭の樹木や草花のごく簡単なスケッチであるが、このような書き方にも、『方丈記』の記述スタイルの継承が見出せる。すなわち『方丈記』には、草庵のたたずまいと、庵を取り囲む四季折々の自然を描く箇所があった。ここでも、家屋の形を述べた後に引き続いて、庭の描写がある。しかも、南庭のところで冬の季節を出し、北庭で夏に触れ、さらに野分（台風）の光景を点描することによって、秋の季節も描いている。書き方のスタイルが、『方丈記』と共通するのである。

結婚後の生活

森茉莉は十六歳でフランス文学者・山田珠樹《たまき》と結婚し、新婚時代は夫の実家や、上野の不忍池《しのばずのいけ》のほとりの谷中清水町《やなかしみずちょう》に暮らしたりした。夫のフランス留学に伴い、茉莉も一足遅れてパリに行き、一年半ほどをヨーロッパで過ごした。この時のヨーロッパ体験は、後に、茉莉が文学者となって数々の小説やエッセイを発表する際の、豊かな土壌となっている。

その後、茉莉は、昭和二年（一九二七）に離婚し、千駄木町の実家で暮らした。この頃から、フランス文学の翻訳などを発表するようになった。短期間だったが再婚して仙台で暮らしたこともあった。やがて再び実家に戻り、以後、母、妹の杏奴《あんぬ》、弟の類《るい》と暮らした。妹の結婚や母の死により、弟と二人暮らしとなったが、弟の結婚を機に、一人暮らしが始まった。時に、昭和十六年、満三十八歳であった。

文学者としての開花

森茉莉はその後、昭和六十二年（一九八七）に、満八十四歳で没するまで、一人暮らしを貫いた。特に、活発な文学活動を始めた「倉運荘《そううんそう》アパート時代」は、森茉莉における住まいと文学を考えるうえで、重要な時期と考えられる。ここでの日常生活を綴った身辺雑記は、鴨長明の『方丈記』を彷彿させるものがある。その一方で、彼女の現実の暮らしぶりとは全く異なる、豪奢な生活を描く小説も書いている。さらに一貫して書き続けた父・鷗外への思いは、最初はエッセイの形で、後には晩年に十年の歳月をかけて執筆した長編小説『甘い蜜《みつ》の部屋』にも、溶け込んでいる。

千駄木の住まいと『源氏物語』

森茉莉は、静かな広々とした千駄木の実家を思い出して、後年、次のように書いている。これは『与謝野晶子』というエッセイに書かれている回想である。なお、この作品は現代仮名づかいで書かれている。

いつも塵一つなく片附いていて、数少ない調度がひっそりと置かれていて、父が本を読んでいたり、横になっていたりする、奥の六畳の部屋は、夏は西側の木と石ばかりの庭から、東側の花で埋まった庭へと、深い樹立ちの緑をくぐって涼しい風が通い、烈しい雨のような蟬の声が楓や梧桐《あおぎり》の梢《こずえ》をこめて鳴り、家全体を音の籠《かご》のように囲んでいた。その清げな部屋の畳の上に晶子の源氏物語の本が頁《ページ》を開いて置かれ、風で頁がひとりでに繰《く》られたりしていた。

森茉莉が王朝文学に触れることは、あまり多くないし、彼女自身、『源氏物語』を詳しく読んではいないという意味のことを書いているが、与謝野晶子の口語訳『源氏物語』のことは懐かしげに書いている。その思い出は、千駄木の家のたたずまいと切り離せないものであった。今引用した部分には、千駄木の家の清雅な室内の様子と庭の情景が、涼風や蟬時雨と共に描かれ、清新な夏の季節感に満ちている。

茉莉と廃園

『源氏物語』に描かれた住まいの典型の一つが、末摘花《すえつむはな》の住む「蓬生《よもぎう》の宿」である。このような、荒れ果てた住まいのありさまを廃園として描き出す文学の系譜が続いていることは、本書で述べてきた。森茉莉の場合も、この「廃園の文学」の系譜に連なる側面がある。

円地文子《えんちふみこ》に、その名も『廃園』という短編小説がある。昭和二十一年六月に発表された この作品には、森鷗外の二人の娘・茉莉と杏奴を彷彿させる姉妹が登場する。妹の幹子《みきこ》は既に結婚し、フランス文学の紹介やエッセイの執筆などで活躍している。一方、姉の美子《よしこ》は若い頃から文学的な才能を期待されながら、二度の結婚の後、今は荒廃した実家に一人で暮らしている。このような姉妹の人物設定は、当時の森茉莉と小堀杏奴《こぼりあんぬ》の状況と、ほぼ対応している。杏奴は昭和十年に『晩年の父』を刊行し、文学活動を行っていたが、姉の茉莉はこの時点ではまだ無名だった。茉莉が文学活動を本格的に開始するのは、昭和三十二年に『父の帽子』を刊行してからである。

かつて姉妹の家庭教師だった江馬周二《えましゅうじ》が、晩春、偶然に美子の家に立ち寄り、荒れ果てて廃園のようになった庭を眺めながら美子と語り合う場面は、『源氏物語』の末摘花の邸宅を思わせる。『廃園』という題名も、そこから名づけられたと思われるが、妹が心配するほど精神的な退潮をきたしている美子の内面の象徴でもあろう。

しかしながら、美子ならぬ現実の森茉莉は、沈淪期《ちんりんき》を経て文学者として開花し、小説の中では、廃園のような広い庭を持つ、豪壮な住まいを好んで描いている。たとえば『ボッチェリの扉』で、由里《ユリア》が下宿する田窪家は、荒れた庭に建つ大きな家である。陰鬱で怪奇な雰囲気が漂い、田窪家の末娘の恋愛が悲劇的な結末を迎える点で、『源氏物語』の蓬生巻のみならず夕顔巻も思わせるような展開になっている。

『方丈記』との類縁性

鴨長明の『方丈記』には、自分の住居歴を書いた部分があった。それによれば、長明は最初、父方の祖母の家に暮らし、その後、三十歳くらいの時に、鴨川のほとりに移り住んだ。その家の規模は祖母の家の十の一であった、と述べている。さらに五十歳で出家し、まず大原に住んだが、ついで日野に方丈の庵を建てた。この庵は、鴨川のほとりの住まいの百分の一であると書いている。長明は、その時々の住居の規模を明記しており、方丈の庵は、最初の祖母の家に比べると千分の一の大きさであることがわかる。長明は、さまざまな規模の住まいを体験したうえで、方丈の庵にたどり着き、これを理想の住まいとした。

鴨長明は、「齢《よはひ》は、歳々《としどし》に高く、栖《すみか》は、折々《をりをり》に狭《せば》し」と書いているが、彼にとっての精神の自由度は、住まいの規模の大小に反比例し、たった一間《ひとま》の草庵暮らしこそが、最高の住まいだった。

森茉莉も、生涯いくつもの住居を体験している。それらの住居遍歴は、鴨長明が『方丈記』にまとめて記したような書き方にはなっていないが、千駄木の実家のことや、夫の留学先のパリのアパルトマンでの下宿生活、帰国後の新興住宅街での、静かだがどこか精神的に満たされない暮らし、さらには一人暮らしを始めてからの自由なアパートでの暮らしのことは、さまざまなエッセイの中に生き生きと描かれた。

森茉莉の場合、生涯を通じて千駄木の実家で過ごした日々が最も幸福な時期として、繰り返し書かれているので、鴨長明が祖母の家での暮らしについて具体的に書かず、もっぱら方丈の庵での生活の満足感を書いているのとは異なる。しかし、茉莉が文学者として自由な創作活動に従事できた一人暮らしの後半生は、五十歳で出家して俗世間との関わりを絶ち、草庵生活を送り、『方丈記』を執筆した鴨長明の生き方と、どこか通底するものがある。

『贅沢貧乏』と『方丈記』

そのような観点から森茉莉の文学世界を見渡してみると、題名にこそ『方丈記』の名を冠していないが、『贅沢貧乏《ぜいたくびんぼう》』は「現代の草庵記」として位置づけられよう。

『方丈記』の大きな特徴は、全体の構成が明確で、短編であるにもかかわらず、多彩な内容が凝縮して書かれていることにある。その内容を順にたどれば、人間と住まいのはかなさを格調高く述べる序文に始まり、自分自身が体験した五つの天災・人災の写実的な描写、幼年期以来の住居遍歴、方丈の庵の立地と草庵内部の描写、草庵周囲の自然環境と四季の情景、近郊への散策、俗世間の人々の生き方への批判と閑居生活への満足感、自足している現状への反省、以上のようにまとめられる。そして『方丈記』全編を通じて流れているのは、「他《た》の、俗塵《ぞくぢん》に馳《は》する事を憐《あは》れむ」という、利欲に迷う世間の人々の生き方に対する、確固とした鴨長明の批判精神である。

後世、『方丈記』の影響力は大きく、さまざまな作品が『方丈記』に触発して書かれた。しかし、それらの作品は、あるものは草庵や住居の室内描写が中心になり、あるものは近郊への散策を書くことが中心テーマになり、あるものは閑居生活における思索や交友を書き、またあるものは自分が体験した災害を描く、というように、『方丈記』の一部分を抽出した書き方になることが多く、『方丈記』の達成を真に継承する作品はなかなか見当たらない。

『方丈記』を継承するからには、『方丈記』の再述であってはならない。『方丈記』のある部分をさらに発展させた書き方になって、「閑居記」「散策記」などの文学ジャンルが誕生したとすれば、そのこと自体は新たな文学の可能性を切り開いた点で評価できる。しかしながら、『方丈記』は、あの独特の強靭な文体によって、自分自身の人生を賭けて、世間の価値観を一気に無化するほどの強烈な価値判断を下した作品であった。しかも、それを住まいという観点から描き切った作品であった。『方丈記』は、わずかに芭蕉の『幻住庵記』以外は、その真の後継者を見出せないまま現代に到っていた。そのような文学状況の中で、森茉莉の『贅沢貧乏』が書かれた時、ここに、遂に『方丈記』の継承者が現れたのである。

『贅沢貧乏』の達成

『贅沢貧乏』は、「牟礼《むれ》魔利《マリア》の部屋を細叙し始めたら、それは際限のないことである」

という一文から書き出されている。書き出しの通り、この作品は、自分自身の六畳一部屋のアパートの室内を詳述することに、力点が置かれている。

と同時に、そこでの日常生活を、自分の不器用さを誇張することによって戯画化している。そこから生まれる、えも言われぬユーモアは、この作品の大きな魅力である。自身の戯画化は、逆に世間の人々の俗物性を強烈に映し出す効果を狙ったものであり、一読忘れがたい強烈な印象を醸《かも》し出している。典雅な表現で、何気ないガラスのコップや缶や皿の美しさを描いたかと思うと、表面的で浅薄な世間の人々への辛辣な批判が書かれ、自分が経済的には決して豊かとは言えない状況にあって、いかに苦労しながら日々を生きているかを書く。

したがって、『贅沢貧乏』の面白さは、三つある。第一に、森茉莉独自の美意識によって、部屋の内部と日常生活が活写されている点。第二に、それらの記述のあちこちに、痛烈な俗世間への批判が籠められている点。そして第三に、自分の日常と生き方を、ユーモラスに戯画化している点。

特に自分自身の徹底した戯画化という視点は、鴨長明には見られなかったことで、『贅沢貧乏』の読後感を、開放感に満ちた伸びやかなものとしている。虚実相俟《あいま》ったこの作品を、森茉莉本人は「随筆」とは捉えず、「随筆めいた小説」としていたが、「住居記」「草庵記」「閑居記」など、本書でたびたび使ってきた用語が、まさに適用できる作品である。

『贅沢貧乏』の構成と文体

『贅沢貧乏』は章や節などの区切りはなく、一続きに書かれているが、大きく分けると、いくつかの内容展開が見られる。最初に、自分の部屋は自分自身の美意識に適《かな》う調度品が集められていることを述べる、序文に当たる部分。次に、具体的な室内描写に入り、寝台・一対の肘掛《ひじか》け椅子・壁掛け・スタンド・書棚の本・食器類など、部屋の中に置かれたさまざまなものが描かれる。次に、日常生活での家計のやりくりや洗濯などの苦労、そして現在の生活上の苦労からの連想で、戦時中の疎開生活の辛さ、さらに遡って、幸福だった幼年期の回想へと筆が及ぶ。最後に、再び現在の生活に戻り、どのようなやりくりをしながら、自分が満足できる料理や衣服を手に入れるかを書き、楽しげにモーツァルトのアリアを歌いながら、少女のように近所に買い物に出かける自分の姿を、他人があきれ顔で見ている場面で締めくくるのである。
『贅沢貧乏』の文体と表現の特徴がよく表れている一節を次に引用して、森茉莉の魅力の一端に触れよう。

魔利の好きな華麗な夢は、寝台《ベッド》の足元の卓の上にひつそりと置かれ、又重ねられてゐる洋皿、紅茶茶碗、洋盃《コップ》なぞの中にも、あつた。黄金色《きんいろ》の文字とマアクの、薄青の紅茶の罐、暗い紅色に透る、ラズベリイ・ジャムの罐。白い皿の上に散つてゐるボッチチェリの薔薇、菫の花弁の柔かな紫は、その上に伏せられた洋盃《コップ》の透明の下に匂ひを散らし、洋盃《コップ》の後《うしろ》には鳥の模様を置いたロオズ色の陶器が、映つてゐる。薄い青《ブルウ》の縁取りのもの、橄欖色《オリイヴ》とロオズの模様のなぞの深皿が幾重ねも積まれてゐる上には、淡紅色のトマト、銀色の匙、栓抜き、胡椒、ガアリックの小瓶、鈍い黄金色《きんいろ》のアルマイトの小皿なぞが置かれてゐて、淡い綺麗な色彩と、黄金色《きんいろ》、硝子の透明なぞが交錯した、魔利の夢を象《かたち》づくつてゐる。

独特の文字遣《づか》いや、色彩感覚が、うねるような息の長い文体の中に溶け込み、ごくありふれた食器や調味料までもが、まるで一つ一つ指でそっとなぞるように描き出されている。

室生犀星の訪問記

森茉莉が、己れの美意識と表現力を駆使して描き切った『贅沢貧乏』の幻想宮殿は、その書かれたものを通してのみ登楼《とうろう》を許される豪奢と幻影の城郭であり、現実には、担当編集者さえ入室を許されない、一種の秘境であった。

そのような森茉莉の部屋に、室生犀星《むろうさいせい》が訪れる。雑誌の取材のためだった。茉莉は三日がかりで部屋の掃除をしたが、硝子戸の曇りは拭いきれず、床に敷かれた花茣蓙《はなござ》の下の床板は、傷《いた》んで裂け目があるらしく凹凸があった。この時の訪問記は、犀星の『黄金の針』というエッセイ集に収録されている。

茉莉の六畳の部屋は、その三分の一を寝台が占《し》め、残りの空間は本箱や小机や小簞笥、原稿や雑誌やガラス瓶や食器などに埋め尽くされていたが、記者や写真家を含めて犀星たち四人がこの部屋に入っても、不思議なことに狭苦しさを感じなかったという。そのことを犀星は、「我々は目白押しではあつたが余裕を感じ、写真家は此処《ここ》で撮影することで狭隘《きょうあい》をおぼえなかったのである」と書いている。この一文はきわめて重要な、見逃すことのできない記述である。なぜなら、この一文は茉莉の六畳一部屋の空間が、維摩居士《ゆいまこじ》（維摩詰《ゆいまきつ》）の「方丈の室」であったことを、見事にかたどっているからである。

維摩居士は、たった一丈四方の部屋に、三万二千の「獅子座」、すなわち、仏や高僧が座る席を包容したとされる。その故事は、鴨長明にとっても、また大田南畝にとっても狭小な一部屋が擁する無限空間の先蹤として、彼らの住まいのモデルとなった。『方丈記』はまさに、その維摩居士の方丈の室に倣《なら》うものであり、第六章で引用した大田南畝『巴人亭記』にも、「広さ纔《わづ》かに十畳ばかり。此処《ここ》に、四方《よも》の客人《まらうど》を迎ふ。維摩《ゆいま》が方丈の玄関にて、八万四千の獅子を舞はせし類《たぐひ》なるべし」とあった。

森茉莉の部屋もまた、彼女自身が意識するとしないとにかかわらず、そのような系譜に連なる現代の「方丈の室」なのである。そのことを、室生犀星の一文は暗示している。しかしながら、同時に犀星は、お世辞にも快適とは言えないこの部屋の現実、床板には裂け目があり、ガスも水道も廊下まで出て行って使わねばならず、北東に向いた窓からは一日中日光が差し込まないという現実を、しっかりと書き留めている。

そして、その夜、犀星は荒涼とした茉莉の部屋を思って、寝つかれなかったとも書いている。訪問の衝撃がいかに大きかったか、ということだろう。

『源家長日記』に描かれた鴨長明

鴨長明もまた、源家長《いえなが》によって、本人の意識とは別の姿を書き留められている。『源家長日記』は、『新古今和歌集』編纂のために設けられた和歌所《わかどころ》の開闔《かいこう》（次官）であった源家長の和文日記である。その中に、和歌所の寄人《よりうど》だった鴨長明の姿が描かれている。この日記では、鴨長明の出家の原因に触れ、河合社《かわいしゃ》（ただすのやしろ）の人事に敗れた長明が、後鳥羽院の提示した代替案を拒否して出家したと書いている。そして、その後、偶然に見かけた鴨長明の姿が、次のように書かれている。ここに描かれている鴨長明の姿は、おそらく出家後まもない頃であり、『方丈記』執筆時のものではないが、他者によって描き出された鴨長明の姿として、貴重な証言である。

その後《のち》、思《おも》ひがけず、対面して侍《はべ》りしに、それかとも見えぬ程《ほど》に、痩《や》せ衰へて、「世を恨めしと思ひ侍《はべ》らざらましかば、憂《う》き世《よ》の闇《やみ》は、晴《は》るけず侍《はべ》りなまし。これぞ、真《まこと》の朝恩《てうおん》にて侍《はべ》るかな」と申《まう》して、苔《こけ》の袂《たもと》も、よよと萎《しを》れ侍《はべ》りし。

世俗的な敗北があったからこそ、自分は出家することもできたし、「憂《う》き世《よ》の闇《やみ》」という世俗的な苦悩を解消することもできた、と僧衣の長明は泣きながら語った。

『贅沢貧乏』は、たった一部屋のアパート暮らしを、王侯貴族の精神で生きる森茉莉の自画像である。この作品を読んだ目で『方丈記』を読み返せば、鴨長明もまた、一人の精神の王者であったことがわかる。下鴨神社の神官社会からも、『新古今和歌集』編纂中の文人貴族社会からも飛び出した鴨長明が、遂に、たった一間《ひとま》の草庵を理想の天地として宰領したように、森茉莉も、一間のアパートを幻想の宮殿とした。

鴨長明も森茉莉も、恵まれた幼年期を過ごした後、世間の荒波の中で、自らの出自への誇りと世間の無理解という越えがたい深淵に直面し、自分一人の狭小な生活空間に閉じ籠もることによって、逆に精神を解放した。そのような生活様式が、彼らの自由な思索と自在な表現力をもたらしたのではないだろうか。

しかしながら、彼らの意気軒昂たる自画像とは裏腹に、他者の眼に映し出された彼らの現実生活は、厳しくもまた寒々としたものであった。そのことから、目を逸らすことなく、同時に、長明や茉莉の文学世界を、自分自身の人生観と響き合わせて読むことが大切であろう。

◉第十一章

住まいの文学のゆくえ

吉田健一の世界

住まいの文学を振り返る

本書は、住まいをめぐる文学をテーマとしてきた。振り返ってみれば、これまで各章で取り上げてきたのは、主として自分自身の現実の住まいを描いた作品が中心であった。『方丈記』は言うまでもなく、中世から近世にかけての「住居記」「閑居記」なども、ほとんどすべては、自分自身の住まいの記録であった。そもそも「記」の文学自体が、そのような記録性を帯びたものであった。

換言すれば、人間が自分自身の精神を住まいに託して形象化してきた過程をたどることが、そのまま本書の歩みとなっていた。理想の住まいを空想することはあっても、あくまでも自分が住むことを前提にした空想であり、理想であった。これらの住まいは、一言で言えば隠遁者の住まいであり、隠遁者でないまでも、隠遁を志向する人々の住まいであった。彼らの生活と思索の諸相が、住まいの具体相と共に描かれる作品を、大きく「住居記」として捉えてきたのだった。

このような観点は、制度としての「家」のあり方や、そこで展開される家族関係・人間関係の総体ではなかった。個人としての生き方に力点を置く観点であり、『方丈記』の冒頭部にある「人と栖《すみか》」にテーマを絞り込んだものであった。

一方で、虚構の文学である『源氏物語』では、光源氏が造営した六条院という大邸宅がある。また、江戸時代には、いくつもの広大な大名庭園が造営された。これらの大邸宅を描く文学の流れを、巨視的に眺めるならば、栄華を誇った大邸宅や大庭園が荒廃の姿を曝すことによって、非情なる時の経過が目《ま》の当たりに指し示される。その情景は、第七章と第九章の近代文学の中で言及したように、こまやかな感興を注ぐ文学者たちによって描かれることで、「廃園の美学」として深い共感を持って一筋の流れを形成してきた。

人間の心とは何か。それは何によって顕在化することができるのか。人生の意味と意義は、古来どのように人々に自覚されてきたのか。そして、個としての人間存在の有限性を、いやが上にも知らしめる廃園を前にして、人々はどのような感懐を持つのか。住まいや庭園の描かれ方に着目することによって、緩やかではあるが、看過することのできない「住まいの文学の系譜」が、現代に到るまで存在していることを認識できたのではないだろうか。

現代文学に見る住まいの精神

住まいを人の生き方の形象化として捉えた場合、そのことが最も端的に表れている作品が『方丈記』であった。『方丈記』の系譜をたどることはそのまま、住まいと人間精神の分かち難さをたどることでもあった。

第七章からは、近代文学における住まいを概観してきた。西洋文化の流入など、時代の大きな変化にもかかわらず、そこでもやはり古典文学の世界との深い水脈が見出せた。夏目漱石における『方丈記』への深い共感はその象徴であろう。前章で概観した森茉莉の後半生における住まいや生き方や現実認識は、鴨長明との類縁性を感じさせる。また、彼女が書いた『贅沢貧乏』は、現代文学の中にも「草庵記」が継承されていることを示すものであろう。

日本文学における住まいを考察してきた最終章に当たり、現代小説での住まいが、どのように「住まいの文学誌」と接点を有するのか、吉田健一の小説を例に取りながら見てゆくことにしたい。

住まいに託された精神の形象化は、現実の住居の造営によって達成される。その一方で、創作作品の中ではさらなる十全な開花となって、人間のあるべき姿の理想、ひいては自己と他者との関係性を追求することができる。

吉田健一と住まいの文学

吉田健一は明治四十五年（一九一二）、吉田茂の長男として東京に生まれた。昭和十年に、満二十三歳でエドガー・アラン・ポー著『覚書』の翻訳を刊行して以来、昭和五十二年（一九七七）に満六十五歳で没するまで、翻訳・評論・小説・随筆などの各分野で活躍した。少年時代は主として、当時外交官だった父の任地で過ごし、暁星中学校を卒業後、ケンブリッジ大学で英文学を専攻した。しかしほどなく、日本で文学活動を行う決心をして帰国し、翻訳や海外文学の紹介などから文学活動を開始した。昭和十四年には、中村光夫らと同人誌『批評』を創刊している。

戦後は、『英国の文学』『東西文学論』『ヨオロッパの世紀末』『時間』などの評論で独自の文学論や文明論を展開する一方、『酒宴』『旅の時間』などの短編小説集や、後述する長編小説も執筆した。この他にも、『私の食物誌』『三文紳士《さんもんしんし》』などのエッセイもあり、文学者として、多岐にわたる活動をしている。

このような吉田健一の多彩な文学活動の中から、ここでは晩年の長編小説を取り上げたい。なぜなら、それらの小説群が住まいをめぐる一連の問題意識によって書かれており、本書でこれまで取り上げてきたさまざまな「住居記」「閑居記」などと、遙かに響き合う精神の系譜が見出せるからである。

吉田健一の「東京三部作」

昭和四十五年から四十八年にかけて次々と書かれた『瓦礫《がれき》の中』『絵空《えそら》ごと』『本当のような話』の三作は、いずれも東京を舞台としている。これらの作品に通底する問題意識を、大きく把握してみよう。それは、いかにして自らの理想の住まいを作り上げるのか、そして出来上がった住まいがどのように機能すれば人間らしい住まいとなるのか、さらにはそこで繰り広げられる生活がどのようなものであるか、ということである。

この三作は、登場人物も異なり、作品としては全く別々のものである。けれども、これらを読むと、住まいがいかにその住人の人間性の発露であるかがわかる。『瓦礫の中』『絵空ごと』『本当のような話』を「東京三部作」と総称し、住まいの文学の観点から考察しよう。

『瓦礫の中』の住まい

『瓦礫の中』は、第二次世界大戦によって瓦礫と化した東京が次第に復興し、それまで防空壕で生活していた主人公夫婦が、新しく一軒の家を建てるまでの話である。この小説には、当時の混乱した世相に対する鋭い批判が随所に見られるが、それらは尖鋭であってもユーモアにくるまれているので、作品世界は伸びやかで余裕がある。

主人公の椚田《くぬぎだ》寅三《とらぞう》・まり子の夫婦が住んでいるのは、防空壕である。だから、窓がないなどの不便はあるが、なるべく日常の生活に支障がないように作った内部は、次のように描かれている。

ただ寅三が暇を見てここを掘つてゐる間にそのこと自体が面白くなつて幅を広くし、その長さで屋根を支へるのに柱を何本か立てて深さも兎《と》に角《かく》人間が中で背が伸ばせる所まで掘り、土の側面に杭《くひ》を打ち込んで板を張つたり腰掛けを取り付けたりしたので住むのにさう不愉快なことはなくて今は床にも板を並べて畳が敷いてあつた。

寅三たちは、防空壕の生活から早く抜け出そうとして、決して齷齪《あくせく》したりはしない。むしろその逆で、二人は日々の暮らしを楽しんでおり、閑居の楽しみを満喫しているかのようである。敗戦による価値観の一大転換、極度の疲弊と困窮。そういった内外の激しい変化のただ中にあって、彼らの内面は些《いささ》かも変化しない。けれども、いつのまにか周囲に家が建ち始めると、さすがに寅三も普通の家に住みたいと思うようになる。それは他人の生活を羨む気持ちからではなく、住まいは周囲とよく調和して目立たぬものであるべきである、という考えからのものである。このような住居観は、「東京三部作」の他の作品においても同様に主張されている吉田健一の基本姿勢である。

友人に頼まれた仕事の礼金で夢のように家が建つことになると、まり子は家よりもまず庭だと言う。そのうちに家の造作をいろいろ考えたりするのも、まり子だった。このまり子という女性は、家の図面を引いたりするのが好きで、知人の若夫婦が住まう家の設計まで引き受けたりする。『発心集』の貧男や、佐藤春夫の『美しき町』の建築家を思わせる。

理想の住まいが出来上がるまでのことを、当時の世相の中で描くことが『瓦礫の中』に託された役割であった。そして、住まいの内部をどのように充実させるかという次なるテーマが、『絵空ごと』において展開される。

『絵空ごと』の内界

『絵空ごと』は、主人公の友人が、東京・麴町の二百坪の土地に五十坪の洋風の家を作り、そこを人々が集うサロンとする話である。庭は一面の芝生にして、塀に沿って唐松《からまつ》が植えられる。室内には特別に注文した木製家具が置かれ、部屋に調和する絵画が掛けられる。吟味を重ねて作り上げられるこの邸宅は、十八世紀のロココ趣味を現代に再生させたかのような優雅さである。自分の趣味や美意識を十二分に実現した住まいのあり方は、そのたたずまい自体はもちろん異なるが、室町時代の肖柏の草庵や、江戸時代初期の木下長嘯子の東山の山荘のような、風雅な「閑居記」を思い出させる。

この小説で重要なテーマの一つは、部屋に飾る絵画の真贋《しんがん》ということである。本当に油絵が好きな人間ならば、二流の画家が描いた本物を見に展覧会に行くよりも、傑作の複写を自分の部屋に掛けた方が楽しめるのではないか、という主張が述べられる。画家の技量は本人の責任であり、いかに才能と努力を尽くしても、出来上がった作品に差が出るのは厳然たる事実である。その一方で、見る側が自分の部屋の中であれ心の中であれ、身近にそれを取り入れるかどうかは、その人自身の責任である。

このような考え方は、『徒然草』第八十一段で兼好が、「屏風《びやうぶ》・障子《しやうじ》などの、絵も文字も、頑《かたく》なる筆様《ふでやう》して書きたるが、見悪《みにく》きよりも、宿の主《あるじ》の拙《つたな》く覚ゆるなり。大方《おほかた》、持てる調度《てうど》にても、心劣《こころおと》りせらるる事は有《あ》りぬべし」と書いていることを、思い起こさせる。

室内にどのような調度を配置するかを描くのは、『方丈記』で既に詳述されている「住居記」のスタイルだった。そして、調度品の選択の価値基準を明記することは、『徒然草』で書かれていることでもあった。その点に注目するならば、『方丈記』と『徒然草』は、住まいに関して、相互補完的な作品であると捉えることができる。

『本当のような話』の住まいの美学

『本当のような話』は、辛夷《こぶし》の花が咲く早春から、薔薇《ばら》が咲く初夏にかけての物語で、主人公の民子《たみこ》が住まう家は、死別した夫と暮らしてきた家である。この小説は、二階にある民子の部屋で彼女が朝目覚める場面から始まるが、書き出しからして「住まいの文学」にふさわしく、カーテンや壁紙、家具などの室内描写が詳しく書かれる。その後、民子の動きに従って、階下の居間の様子が描かれ、さらに彼女が庭に出て、芝生や欅《けやき》の木立や連翹《れんぎよう》の咲く庭園の描写が続く。

確かに日本といふのは不思議な国でその家自体が明治時代に出来た木造漆喰《しつくい》塗《ぬ》りの洋館といふこと以外に別に何といふ様式に属してゐるとも言へず、広間の炉は art nouveau で床は十八世紀風の寄せ木細工、その天井からは二十世紀になつて電気が一応は普及してからの型の、それでもボヘミアのガラスを使つた燈架が幾つか下り、家具は大体が英国のヴィクトリア風と言つたものであつてもそれが同じ日本の風土に置かれて時がたつたことによつてなのかそのどれもがその家といふものがそこにあるのを手伝つてゐてその感じは不調和の反対だつた。これは民子が立つてゐる庭の芝生の真中に置かれた明《あきら》かに十七世紀のイタリーのバロックに属する鳥が水浴びする為の石の盤でも同じで、それを眺めてゐるのが石造りの建物の列柱を背にしてでなくても、又その台が見えるのが何式とも言へなくてただ明治になつて西洋風の庭の作り方が日本に入つて来てから出来た庭であつてもその台付きの石盤は今はそこになければならなかつた。

吉田健一特有の、読点の少ない、長い文章が続く。このようなゆるやかにうねるような文体は、まるで植物の蔓が伸びてゆくような自然な文章の展開であるとも言えよう。民子の住まいの内部も庭も、さまざまな異質のものが並存しながら調和が見られる。十九世紀末ヨーロッパの「art nouveau」（アール・ヌーヴォー）、十九世紀イギリスのヴィクトリア風、十七世紀から十八世紀にかけてヨーロッパ全土に見られたバロック様式。これらが調和しているのは、住む人の美意識や教養を反映しているからであり、単に手当たり次第に買い集められた外国の家具・調度で埋め尽くされた住まいとは別世界を形作っているからである。

このような住まいの調和は、第一章で紹介した、戸川残花《ざんか》の『新方丈の室』で空想されていた理想の住まいと、不思議に通じ合うものがある。さらに言えば、『徒然草』第十段で、「家居《いへゐ》のつきづきしく、あらまほしきこそ、仮《かり》の宿りとは思へど、興有《きようあ》る物なれ」と書かれていた住まいの美意識でもある。『本当のような話』は現代を舞台とした小説であるが、『徒然草』や『新方丈の室』とも共通する、住まいの美学を体現している。

『本当のような話』は、主人公である民子の日常生活を、閑居の楽しみとして描き、その楽しみには友人たちとの交遊も重要な要素となっている。自在な精神のあり方を描いたこの小説には、もはや『方丈記』で追求されていた厳しい自己省察は見られないし、禁欲的で求道的な人生観も見られない。あるいは、その点を捉えて、むしろ『方丈記』との違いを感じる読者がいるかもしれない。

しかし、この小説が開示しているのは、決して単なる暢気で気楽な人々の日常生活ではない。彼らの内界から一歩外に出るならば、そこには急激に変化し、破壊されてゆく東京の姿がある。彼らは、自らの価値観と美意識を賭けて、深山に隠れ住むことなく、そのような東京で時代に拮抗《きっこう》して生きているのである。まさに、「市中の隠」であるといえよう。

「東京三部作」から『金沢』へ

「東京三部作」が東京を舞台として書かれていたのに対して、その後に書かれた『金沢』は、東京住まいの主人公が時折訪れる金沢の別宅での暮らしを描く。この作品は、主人公が自らの意志で新たな住まいを、それまで関わりのなかった土地に見出し、そこでの一人暮らしを次第に形成してゆく。その点では、『方丈記』と親近性が強い。鴨長明もまた、自分の理想の土地を日野に見出し、そこに方丈の庵を据え、一人で暮らした。

「東京三部作」を経て、もはや東京での暮らしによっては、住まいの理想、ひいては生き方の理想が貫けないと吉田健一が考えたのだとしたら、金沢を舞台とするこの小説の設定が意味するものは重い。

主人公の内山は、仕事で訪れた金沢で、犀川《さいがわ》に近い路地に一軒の家が月の光を浴びて建っているのを見て、この家を手に入れたいと思う。その家は空き家らしく、庭も荒れかけていたが、彼はそれまでと変わらぬ状態に保って、ここを別宅とするのだった。このような設定は、『徒然草』のいくつかの章段を思い出させる。

「良《よ》き人の、長閑《のどやか》に住み成《な》したる所は、差し入《い》りたる月の色も、一際《ひときは》、しみじみと見ゆるぞかし。今めかしく、きららかならねど、木立《こだち》、物古《ものふ》りて、態《わざ》とならぬ庭の草も心有《あ》る様《さま》に」（第十段）。あるいは、「九月《ながつき》二十日《はつか》の頃、或《あ》る人に誘《さそ》はれ奉《たてまつ》りて、明《あ》くるまで、月見歩《みあり》く事侍《はべ》りしに、思《おぼ》し出《い》づる所有《あ》りて、案内《あない》せさせて、入り給《たま》ひぬ。荒れたる庭の、露滋《しげ》きに、態《わざ》とならぬ匂《にほ》ひ、しめやかにうち薫《かを》りて、忍《しの》びたる気配《けはひ》、いと、物哀《ものあは》れなり」（第三十二段）。これら、『徒然草』で描かれていた好ましい住まいのたたずまいと、通じ合うものを感じる。

吉田健一の文学形成においては、彼の経歴から言ってもヨーロッパ文学の影響が強く、彼が直接、日本の古典文学に言及することは少ない。しかし、それにも関わらず、『金沢』には『方丈記』や『徒然草』と通底するものがある。日本文学において描かれてきた住まいのたたずまいがここにも顕著に現れているのである。

住まいの文学の系譜の強靭さ

日本文学における住まいの描かれ方を、古典文学から現代文学まで概観してきた。『方丈記』や『徒然草』で追求されてきた住居観は、次第に閑居として意識されるようになった。そして、室町時代以降の住まいの文学は、『方丈記』と『徒然草』の影響力を念頭に置かずには語れないくらいであった。言わば、『方丈記』と『徒然草』が、さまざまな住まいの文学を生み出したのだった。

その潮流の中で、自分の住まいに理想や満足を感じ、その満足感を描き出す作品が数多く出現してくると、皮肉なことに、ともすれば文学的な深みや自分自身に対する痛烈な自覚が薄れるきらいもあった。

住まいはその規模や形態の多彩さ、そこでの生活が家族と共にあるかどうか、一人暮らしなのかどうかなど、さまざまな要素の違いを含む。なおかつ、理想と現実をいかに折り合わせ、一人一人の人間がそれぞれの限られた人生をいかに生きたかの証しが、住まいであった。住まいが人間の精神と深く、そして密接に結びついたものであることを、それらの作品は指し示していた。

自分の理想とする住まいに暮らしている自覚と満足に根ざす「住居記」に注目すると、住居という私的空間の確保によって、内界と外界のそれぞれの輪郭が明確になる。それによって、内界を凝視し、翻って外界を批判する視点も鋭敏になる。自分の人生の理想を実現するのが自分好みの住居のあり方である時、本書でたどってきた住まいの文学は、『方丈記』と『徒然草』の大きな影響力を再確認することにも繋がった。

その際に『方丈記』は、明確な記述スタイルを有していたがために、後世に『方丈記』のスタイルを踏襲するさまざまな作品を生み出した。ただし、『方丈記』の本質をよく捉えた作品は少なく、わずかに芭蕉の『幻住庵記』や夏目漱石の英語訳『方丈記』のための解説、森茉莉の『贅沢貧乏』などの作品を取り上げるに留《とど》まった。けれども、このような観点を念頭に置いて、さまざまな作品を「住居記」「閑居記」「散策記」などという新たなジャンル意識を持って読むならば、新たな発見が可能となるだろう。

たとえば、森鷗外の『妄想《もうぞう》』という作品もまた、一つの「閑居記」であろう。海辺の小別荘が、舞台である。海と空を眺めながら人生の回顧にふけり、人生いかに生きるべきか、自分の生き方はこれでよかったのか、世間の人々と自分の価値観とには、なぜ懸隔があるのか、などと思索を重ねる主人公の姿が描かれる。この『妄想』は、小説や随筆というよりも、『方丈記』以来の文学の系譜に連なる「人生論的な閑居記」であると位置づけることで、作品の性格が一層明確になるだろう。

「住まいの文学誌」をかえりみるならば、簡素で禁欲的な草庵暮らしによって照射されるのは、利欲に迷う世俗的な生き方の虚しさであったし、孤独な生き方には自己省察という深い精神性が見られた。その一方で、家族や友人たちとの交流の中に人生の意義を認めつつ、自己の価値観も同時に保持する生き方もあった。風雅な趣味的な住まいや、豪奢な大邸宅・大庭園での暮らしもまた、それぞれの住人の人間性の発露であり、それらが現実のものであれ創作上のものであれ、住まいに託した人々の尽きせぬ思いが、しっかりとそれぞれの作品に描き込まれている。

後世の人間が、深い共感をこめてそれらを読む時、住まいとそこでの暮らしは、たとえそれが廃園の情景を描いたものであってさえ、いつの世も色褪《あ》せぬものとなって、読者の目の前に現前するであろう。住まいの文学を通して、それぞれの作品の持つ独自の世界と、作品相互の繋がり、つまりは文学における「個性と系譜」の一端なりとも垣間見ることができたとすれば、まことに幸いである。

本書は、かつてわたしが主任講師として単独執筆した、放送大学ラジオ科目『日本文学における住まい』の印刷教材(二〇〇四年)を基盤としている。ただし、本書では「住まいの文学」の始発として、『方丈記』が位置づけられる点を強調した。そして、『方丈記』が内包していた、草庵・室内調度・閑居・散策といった要素が、どのような文学的な広がりを示したかを、「文学誌」という観点から、より一層明確に描き出すことに務めた。本書の題名を、『方丈記と住まいの文学』としたゆえんである。

『日本文学における住まい』では、文学史の流れに沿って順に章立てしていたが、本書では、『方丈記』以前の住まいの文学、すなわち、奈良時代の漢文体の住居記、および平安時代の『枕草子』『源氏物語』は割愛した。江戸時代の大名庭園と、近代文学に特徴的な廃園詩についても、本書の第七章以下の内容の中で、必要に応じて言及するに留めた。

このような絞り込みによって、『方丈記』という和文の住居記が書かれたことが、その後の住まいの文学に有効な文学モデルを提供したことを、明らかにできたと考える。また、『方丈記』と相互補完的な観点を持つ作品として『徒然草』を捉え直し、人生探究的な『方丈記』の系譜と共に、現実的・日常的な『徒然草』の系譜が、住まいの文学において重要な役割を果たしてきたことも浮かび上がらせた。写真や図版は、今回新たに掲載したものである。

簡素な生活と自然に親しみ、自分と向き合う生き方は、『方丈記』以来、文学的な水脈となって、途絶えることなく、現代を生きるわたしたちにも繋がっている。住まいは、今をいかに生きるかという、一人一人の価値観や美意識の発露である。加えて、先人たちが自分の住まいと日常に何を見出したかに思いを致せば、住居記は人生そのものの奥深さの象徴ともなる。

十年以上も前の授業科目である『日本文学における住まい』を、今、装いも新たに「放送大学叢書」の一冊として刊行していただくことに、心から感謝します。また、編集にあたって、小柳学さんと細口瀬音さんには、いろいろとお世話になりまして、ありがとうございました。

島内裕子

平成二十八年四月

創刊の辞

この叢書は、これまでに放送大学の授業で用いられた印刷教材つまりテキストの一部を、再録する形で作成されたものである。一旦作成されたテキストは、これを用いて同時に放映されるテレビ、ラジオ（一部インターネット）の放送教材が一般に四年間で閉講される関係で、やはり四年間でその使命を終える仕組みになっている。使命を終えたテキストは、それ以後世の中に登場することはない。これでは、あまりにもったいないという声が、近年、大学の内外で起こってきた。というのも放送大学のテキストは、関係する教員がその優れた研究業績を基に時間とエネルギーをかけ、文字通り精魂をこめ執筆したものだからである。これらのテキストの中には、世間で出版業界によって刊行されている新書、叢書の類と比較して遜色のない、否それを凌駕する内容のものが数多あると自負している。本叢書が豊かな文化的教養の書として、多数の読者に迎えられることを切望してやまない。

二〇〇九年二月

放送大学長　石　弘光

放送大学

学びたい人すべてに開かれた
遠隔教育の大学

〒261-8586 千葉市美浜区若葉2-11
Tel: 043-276-5111　Fax: 043-297-2781　www.ouj.ac.jp

島内 裕子（しまうち・ゆうこ）
国文学者。専門は、『徒然草』を中心とする批評文学。
古典と近代、文学と絵画、文学と音楽、日本と西洋などを響映させる手法で、新たな研究を展開している。放送大学教授。
著書に『徒然草の変貌』（ぺりかん社）、『兼好　露もわが身も置きどころなし』（ミネルヴァ書房）、『徒然草をどう読むか』（放送大学叢書、左右社）、『徒然草文化圏の生成と展開』（笠間書院）、『徒然草　校訂・訳』（筑摩書房）など。

1953年　東京に生まれる
1979年　東京大学文学部国文学科卒業
1987年　東京大学大学院博士課程単位取得退学
1991年　放送大学助教授
2009年　博士（文学）（東京大学）
同年　放送大学教授

シリーズ企画：放送大学

方丈記と住まいの文学

2016年7月30日　第一刷発行

著者　島内裕子

発行者　小柳学

発行所　株式会社左右社
〒150-0002 東京都渋谷区渋谷2-7-6-502
Tel: 03-3486-6583　Fax: 03-3486-6584
http://www.sayusha.com

装幀　松田行正＋杉本聖士

印刷・製本　中央精版印刷株式会社

Printed in Japan ISBN978-4-86528-145-3

放送大学叢書

徒然草をどう読むか

島内裕子　定価一五二四円＋税〈二刷〉

兼好はなぜ「人生の達人」になったか。徒然草の後半部に
その転機を読み解く、新しい徒然草の世界。

放送大学叢書

茶の湯といけばなの歴史　日本の生活文化
熊倉功夫　定価一七一四円＋税〈三刷〉

動物の生存戦略　行動から探る生き物の不思議
長谷川眞理子　定価一七一四円＋税〈二刷〉

音楽家はいかに心を描いたか　バッハ、モーツァルト、ベートーベン、シューベルト
笠原潔　定価一六一九円＋税

比較技術でみる産業列国事情　アメリカ、中国、インド、そして日本
森谷正規　定価一五二四円＋税

自己を見つめる
渡邊二郎　定価一六一九円＋税〈四刷〉

私たちはメディアとどう向き合ってきたか　情報歴史学の新たなこころみ
柏倉康夫　定価一五二四円＋税

人間らしく生きる　現代の貧困とセーフティネット
杉村宏　定価一五二四円＋税

建築を愛する人の十二章
香山壽夫　定価一五二四円＋税

〈中国思想〉再発見
溝口雄三　定価一六一九円＋税〈二刷〉

教育の方法
佐藤学　定価一五二四円＋税〈八刷〉

〈科学の発想〉をたずねて　自然哲学から現代科学まで
橋本毅彦　定価一六一九円＋税〈二刷〉

初歩から学ぶ金融の仕組み
岩田規久男　定価一六一九円＋税

老いの心の十二章
竹中星郎　定価一六一九円＋税

西洋近代絵画の見方・学び方
木村三郎　定価二〇〇〇円＋税

学校と社会の現代史
竹内洋　定価一六一九円＋税

〈こころ〉で視る・知る・理解する　認知心理学入門
小谷津孝明　定価一六一九円＋税

安全で良質な食生活を手に入れる　フードシステム入門
時子山ひろみ　定価一七〇〇円＋税

西部邁の経済思想入門
西部邁　定価一七〇〇円＋税〈三刷〉

学びの心理学　授業をデザインする
秋田喜代美　定価一六〇〇円＋税〈三刷〉

日本人の住まいと住まい方
平井聖　定価一八〇〇円＋税

日常生活の探究　ライフスタイルの社会学
大久保孝治　定価一六〇〇円＋税

宇宙像の変遷　古代神話からヒッグス粒子まで
金子務　定価一九〇〇円＋税

変化する地球環境　異常気象を理解する
木村龍治　定価一七〇〇円＋税